*Pour mes enfants chéris,
Maximilien, Faustine, Constantin,
Alexandrine, Antonin,
Et pour mon amoureux, leur papa.*

Nathalie Le Cleï

Drapeau noir pour l'Empereur

oskar
éditeur

*« Dans ce monde, il n'y a qu'une alternative :
commander ou obéir »*,
Napoléon Bonaparte (1769-1821)

Chapitre 1
Une rentrée mouvementée

(Au lycée Napoléon, le mercredi 1er octobre 1806)

— Des soldats ! Des lycéens, mais aussi des soldats ! Surtout des soldats, voilà ce que vous êtes devenus, messieurs, en franchissant l'enceinte du lycée Napoléon !

Le proviseur Wailly, vieillard chétif et plus maigre qu'un squelette, gesticulait du haut d'une estrade en bois installée dans un angle de la vaste cour de l'établissement. Avec sa tête presque chauve, ses larges oreilles décollées, son profil crochu surmonté d'une paire de binocles de guingois, il ressemblait à un vautour. Un vautour vraiment très âgé, pensa Gabriel, qui évalua que le proviseur devait avoir au moins quatre-vingts ans. Oui, un très vieux vautour assurément.

— Des lycéens et des soldats pour votre Empereur. Ne l'oubliez jamais, messieurs !

La voix du directeur roulait comme une vague au-dessus des têtes massées devant lui. Étonnant qu'une voix si puissante puisse émaner d'un corps aussi malingre. Voilà au moins vingt minutes que durait le discours du proviseur. Et pourquoi diable s'acharnait-il à répéter chacune de ses phrases ? Voilà qui était bigrement agaçant. Gabriel n'en pouvait plus de rester immobile. Il avait des fourmis dans les jambes et terriblement hâte que le vieillard se taise enfin. Le garçon jeta un coup d'œil autour de lui pour observer à la dérobée ceux qui l'entouraient. Incroyable ! Ils devaient être au moins huit cents. Des lycéens à perte de vue. Des lycéens de tous les âges. Sur la droite, de tout jeunots âgés de dix ans à peine. Et, à l'autre extrémité de la cour, de grands gaillards largement bâtis, musclés et moustachus comme des hommes, certains ayant au moins vingt ans.

Gabriel leva les yeux pour observer les bâtiments qui l'entouraient. Dire qu'ici même, pendant plus d'un millénaire, s'était dressée une abbaye fondée par le roi Clovis et où on l'avait ensuite enterré. Seul vestige de cette époque : la tour Clovis, ancien clocher de l'église, maintenant dressée dans un angle du lycée, et au pied de laquelle se trouvait encore un cloître. Gabriel avait entendu dire que dans cette tour, gîtait depuis des siècles une chauve-souris qui, paraît-il, renfermait le fantôme du roi mérovingien. Le garçon l'observa pendant un moment, s'attendant presqu'à voir surgir l'animal ailé. Hélas, la chauve-souris demeura cachée : sans doute était-elle effrayée par la lumière et le bruit. À moins que ce soit par le discours du proviseur ! Déçu, Gabriel tourna la tête et recommença à observer son entourage. Pour ce garçon qui entamait sa première rentrée au lycée Napoléon, c'était un spectacle tout bonnement stupéfiant de voir tous ces lycéens revêtus comme lui, de la tête aux pieds, du même uniforme militaire en drap bleu indigo. Toutes les vareuses, également, portaient les mêmes boutons dorés, sur lesquels on pouvait lire l'illustre nom du lycée. Et sur toutes les têtes, le même bicorne. Gabriel n'avait jamais vu autant d'uniformes réunis dans un même lieu. Des uniformes portés par des lycéens comme lui. Les nouveaux pensionnaires du lycée Napoléon.

— Ne l'oubliez jamais, messieurs : vous êtes la gloire de la France, la gloire de l'Empire !

À cet instant, Gabriel entendit, juste derrière son oreille, une voix murmurer :

— Qu'est-ce qu'y nous bassine, le dirlo ? Manquait plus que ça. Un vieux chnoque bègue ! Crénom de nom, on n'est pas sorti de l'auberge. J'ai les gambettes qui m'gratouillent, moi ! Est-ce que quelqu'un n'pourrait pas lui demander de se taire ?

Éberlué d'entendre ses propres pensées exprimées par un autre, Gabriel réprima à grand-peine un éclat de rire et se retourna afin de découvrir celui qui faisait preuve d'une telle audace. Face à lui, un visage hilare, maculé de taches de son et surmonté de boucles rousses rêvant de s'échapper du bicorne. L'ensemble appartenait à un garçon très trapu, petit et presque rondouillard. Après l'avoir détaillé de la tête aux pieds, Gabriel estima qu'il devait avoir à peu près dans les quatorze ans, comme lui. Il adressa au rouquin un clin d'œil complice, auquel l'autre répondit par un sourire. Un sourire si chaleureux qu'il illumina ses yeux verts comme des olives et perça deux joyeuses fossettes au milieu de ses joues rebondies. À ce moment-là, la voix du proviseur reprit son envol. En l'entendant, le rouquin tordit sa bouche dans un rictus de désespoir et se mit à loucher affreusement. Gabriel se retint une nouvelle fois de pouffer. Voilà un joyeux luron avec lequel on ne doit pas s'ennuyer, pensa-t-il. Ce serait chouette s'ils pouvaient se retrouver dans la même classe.

C'est alors qu'un piétinement se fit entendre sous les arcades de la cour du lycée. Un homme en blouse grise traversa la cour au pas de course en direction de l'estrade. Le vieux proviseur parut extrêmement contrarié par cette interruption et adressa un regard assassin au nouvel arrivant. Cela n'impressionna en rien l'homme à la blouse grise qui bondit sur l'estrade et se pencha sur l'oreille du directeur. La nouvelle qu'il y glissa sidéra tellement celui-ci qu'il faillit tomber à la renverse. L'homme à la blouse grise le rattrapa in extremis avant qu'il bascule dans le vide. Quand le vieillard se redressa, son visage était devenu blême et son binocle était tombé de son nez. Il se tordait les mains et paraissait en proie à la plus extrême nervosité. Il essaya de reprendre la parole :

— Messieurs, je suis heureux de... Ah messieurs, quelle joie ! Messieurs, votre Emp... Votre Emp... Ah, quelle joie, messieurs ! Quelle joie vraiment !

Le vieux proviseur semblait avoir complètement perdu le fil de ses pensées. Et plus aucune phrase construite ne parvenait à sortir de sa bouche.

— Un vrai bègue je te l'avais dit, murmura de nouveau le rouquin.

C'est alors qu'une petite escouade d'une dizaine d'officiers en grand uniforme fit à son tour irruption dans la cour. Au bonnet noir à plume rouge qu'ils portaient sur la tête, Gabriel reconnut des grenadiers de la Garde impériale. Des grenadiers ici, aujourd'hui ? Décidément cette journée de rentrée s'avérait plus amusante que prévu. Les hommes marchaient en mesure, comme s'ils étaient à la parade, et les talons de leurs bottes noires luisantes claquaient avec fracas sur les pavés de la cour. Un silence solennel était retombé. Parvenus au pied de l'estrade, les grenadiers firent halte et rompirent leurs rangs. Ils s'écartèrent pour laisser passer un homme de taille moyenne, à l'apparence nerveuse et légèrement corpulente, portant un manteau de drap gris et coiffé d'un bicorne. Sous le bicorne, de courts cheveux noirs soulignaient l'extrême pâleur de son visage et l'acier bleu de ses yeux, légèrement enfoncés. Au moment où le doute commençait à s'immiscer dans l'esprit de Gabriel, la réponse jaillit de la bouche d'un des lycéens : « C'est l'Empereur ! » Réponse reprise en cœur par des dizaines de bouches qui se mirent à crier comme un seul homme : « L'Empereur ! C'est l'Empereur ! »

C'était bien l'Empereur en effet, qui grimpa à son tour sur la petite estrade. Là, il salua le proviseur Wailly d'un rapide signe de tête puis fit face aux lycéens qui le dévoraient des yeux.

— Jeunes gens, c'est aujourd'hui que débute votre année scolaire dans ce lycée qui porte le nom de votre Empereur. Votre Empereur avait donc à cœur de venir vous dire son affection et vous offrir ses encouragements. Soyez des élèves travailleurs et consciencieux. Soyez-le sans relâche. C'est seulement de la sorte que vous témoignerez à votre Empereur l'amour et l'obéissance que tout enfant doit à son père bien-aimé. Jeunes gens, ne l'oubliez jamais : vous êtes les soldats de l'armée de demain. Votre Empereur vous conduira toujours à la victoire !

Napoléon redescendit rapidement de l'estrade, sans prendre le temps de saluer le malheureux proviseur qui semblait transformé en statue de sel. Tandis qu'au-dessus de la cour s'élevait une immense ovation, les grenadiers reconstituèrent leur formation autour de l'Empereur et repartirent au même pas de charge qu'à leur arrivée.

Quelques instants plus tard ils avaient disparu.

Le cœur de Gabriel battait la chamade. L'Empereur, son Empereur, son héros, ici ?! Gabriel avait juste huit ans quand Napoléon Bonaparte avait pris le pouvoir. Ses parents, qui avaient beaucoup souffert des troubles liés à la Révolution, avaient immédiatement considéré le général corse comme « l'homme providentiel ». Celui qui allait sauver la France, la sortir enfin du chaos après dix années de tourmente révolutionnaire. Si bien que Gabriel avait été élevé dans le culte du Premier consul, devenu ensuite l'empereur Napoléon Ier. Un culte parental qui ne s'était jamais démenti. Un culte auquel Gabriel adhérait de tout son cœur.

Alors, forcément, quelle plus grande joie que de voir l'Empereur en personne venu lui souhaiter la bienvenue ? C'était tellement irréel qu'il finit par se demander s'il n'avait pas rêvé. Mais l'air éberlué de tous les garçons qui l'entouraient, les vivats et les cris qui continuaient de résonner autour de lui, lui confirmèrent qu'ils avaient tous vu et entendu la même chose que lui.

— En voilà un qui a du panache et qui sait causer à ses troupes ! Rien à voir avec l'autre bègue, reprit la voix derrière Gabriel.

Celui-ci opina du chef. Décidément, ce

rouquin lui plaisait bien. Il fallait absolument qu'il découvre à qui il avait à faire.

— Bonjour, je m'appelle Gabriel Boisseau, dit-il en tendant la main à son voisin.

Celui-ci s'en empara, la serra vigoureusement et lui répondit :

— Et moi, Gaspard de Kéradec. En provenance directe de Bretagne.

Puis après un bref temps d'hésitation :

— Mais les intimes m'appellent Carotteur ! ajouta le rouquin sur un ton mystérieux. Enchanté de faire ta connaissance.

Il y avait désormais tellement de bruit dans la cour que le proviseur Wailly renonça à reprendre son discours. L'homme à la blouse grise sortit alors des feuilles de papier de sa poche et commença à faire l'appel. Cela permit à Gabriel de constater avec satisfaction que son nouveau camarade Gaspard était dans la même classe que lui. Une situation qui sembla ravir le rouquin tout autant que lui. Les deux garçons échangèrent un grand sourire de connivence et prirent place côte à côte dans le rang. Tandis que tous s'apprêtaient à s'élancer au battement du tambour, Gabriel entendit une voix grave et fielleuse chuchoter derrière lui :

— Non, mais qu'est-ce qu'il croit, le Petit

Caporal ? Qu'il lui suffit de se poser une couronne sur la tête pour devenir empereur ? Et cette façon de parler de lui à la troisième personne. Il se prend pour le Roi-Soleil, ou quoi ? Ah ça, il va comprendre, le jour où on le rejettera à la mer pour qu'il retourne à la nage dans son île de sauvages !

Éberlué, Gabriel se retourna pour observer celui qui venait de prononcer ces paroles. Il s'agissait d'un lycéen d'une vingtaine d'années environ, entouré de trois autres lascars qui opinaient du chef en se poussant du coude. Gabriel n'en revenait pas. Ici, au sein du lycée qui portait son nom, il y avait donc des opposants à l'empereur Napoléon ?

Chapitre 2
Première journée au pensionnat

(Dans les dortoirs du lycée Napoléon, le même jour, dans la soirée)

La journée touchait à sa fin et Gabriel se sentait encore tout étourdi par son rythme effréné. Un programme si chargé qu'il lui avait été impossible de trouver un moment pour faire plus ample connaissance avec son nouveau camarade Gaspard ou Carotteur, quel que soit son nom. Toute la matinée avait été consacrée à l'exposé des programmes d'algèbre et de géométrie. Pour Gabriel, que les mathématiques ennuyaient au plus haut point, ces heures avaient été atrocement longues. Le garçon avait deux passions dans la vie : la botanique et le dessin. Des matières qui n'étaient pas enseignées au lycée, à son grand désespoir. Alors que les mathématiques seraient au contraire la discipline principale tout au long de l'année. Hélas.

Quand l'heure du déjeuner avait enfin sonné, Gabriel était tellement affamé qu'il se sentait au bord de la syncope. Par chance, au réfectoire, il avait pu s'installer juste à côté de Gaspard. Il espérait bien pouvoir reprendre leur conversation interrompue du matin. Hélas, les garçons avaient vite compris qu'à la cantine, le silence le plus absolu était obligatoire. Et que celui qui avait le malheur de déroger à la règle risquait de passer un sale quart d'heure.

L'après-midi étant consacré aux manœuvres, tous les lycéens avaient été pris en charge par leur sergent-major respectif. Les deux garçons constatèrent avec plaisir qu'ils avaient été affectés dans la même compagnie. Leur sergent-major était un affreux gaillard de vingt ans, aussi large et poilu qu'un ogre. Celui-ci leur expliqua avec rudesse que la consigne pouvait se résumer à un seul mot : obéir. Obéir au doigt et à l'œil, en toutes circonstances, sans discuter, sans réfléchir. En cas de manquement, le fouet ou le cachot se chargeraient de les remettre dans le droit chemin. Quel programme ! Gabriel en avait eu froid dans le dos.

Le reste de l'après-midi s'était passé à apprendre la marche en cadence, au rythme du

Première journée au pensionnat

tambour. Le sergent-major avait obligé les garçons à recommencer encore et encore, jusqu'à l'épuisement, s'énervant de leur maladresse, les traitant de troupeau de bourrins et de ramassis de crétins, sans que nul adulte intervienne pour interrompre son chapelet d'insultes. À croire que la grossièreté et l'injure étaient une pratique ordinaire au lycée. Sans doute allait-il falloir s'y habituer. Seule la cloche appelant pour le dîner l'avait contraint à interrompre l'apprentissage, à son grand dépit. Finalement, d'une voix lugubre, le sergent-major leur avait annoncé que pour le maniement du fusil, il leur faudrait attendre demain. La belle affaire, pensa Gabriel, qui se réjouissait très peu à l'idée de porter une arme.

Après un dîner pris dans un silence aussi absolu que le déjeuner, le tambour conduisit les garçons jusqu'à leurs dortoirs. On leur donna enfin quartier libre pour qu'ils puissent installer leurs affaires et préparer leur lit pour la nuit. Gabriel accompagna Gaspard jusqu'à l'emplacement qui lui avait été attribué, à l'extrémité de la chambrée, contre le mur du fond.

— Pourquoi tu ne demanderais pas au pion de te donner le lit à côté du mien ? suggéra alors le rouquin. Ce serait vraiment extra si on pouvait aussi être voisins de dortoir, tu ne trouves pas ?

Gabriel s'attendait à cette suggestion et y répondit sur un ton embarrassé :

— Ben, en fait, mon lit n'est pas dans ce dortoir...

— Ah bon ? Dans lequel alors ?

— Eh bien, c'est qu'en fait, je ne dors pas dans un dortoir...

— Et où alors ? À l'hôtel ?! demanda Gaspard en ricanant.

— Non, dans une chambre individuelle, répondit Gabriel, la tête basse et l'air contrit.

À cette annonce, le rouquin ouvrit de grands yeux éberlués.

— Mazette, c'est-y que tu serais le fils d'un ministre pour avoir droit à un tel privilège ?

— Euh non... pas vraiment... hésita Gabriel avec gêne. Seulement le fils du... bras droit d'un ministre. Écoute Gaspard, je suis vraiment désolé. Moi aussi, j'aurais tellement aimé pouvoir m'installer à côté de toi !

En entendant ces paroles penaudes, Gaspard éclata d'un rire sonore.

— Mais voyons, tu n'y penses pas ? Tu seras bien plus tranquille dans une chambre. Je suis vraiment content pour toi. Et ça va pas nous

Première journée au pensionnat

empêcher d'être amis, crois-moi. Dis-moi juste une chose : il est le bras droit de quel ministre, ton père ?

— Écoute, je veux bien te le dire... Mais à condition que.... tu m'expliques pourquoi tu te fais appeler « Carotteur » !

— D'accord, répliqua Gaspard. Bon, tu as vu la couleur de mes cheveux ? Je te laisse imaginer le surnom que l'on me donne depuis que je suis haut comme trois pommes.

— Poil de Carotte ?

— En plein dans le mille. Eh bien, figure-toi que ce sobriquet m'horripile. Mais comme je n'ai jamais pu empêcher les autres de l'utiliser, j'ai décidé un beau jour que puisqu'ils voulaient de la carotte, ils en auraient. Et depuis ce jour-là, je carotte tout ce que je peux. Voilà ! conclut-il sur un ton triomphant.

— Tu carottes ? répéta Gabriel, pas certain d'avoir bien compris.

— Ben oui, j'carotte, quoi ! Dès que j'en ai l'occasion, je barbote, je chaparde, je fauche, bref je carotte. Un vrai carotteur, quoi ! T'as compris ?

Oui, Gabriel venait enfin de comprendre et il en resta interdit. C'était la première fois de sa vie qu'il entendait quelqu'un avouer de la sorte un de ses vices, avec une telle tranquillité et sans aucune mauvaise conscience.

— Mais, attention, je ne carotte que pour la bonne cause, reprit le rouquin, sur le ton de la confidence. Seulement quand la justice le réclame. Un peu comme Robin Hood, tu vois ? Pour redistribuer à ceux qui sont dans le besoin. Ou alors pour trouver à manger quand j'ai trop faim, ajouta-t-il avec un clin d'œil malicieux. D'ailleurs, ne t'inquiète pas. Tu es mon ami désormais, donc tu n'as rien à craindre de moi. Toi, je ne te carotterai jamais, je te le promets ! assura-t-il avec un grand sourire, la main droite posée sur le cœur.

Interloqué, Gabriel garda le silence un moment. Que devait-il faire ? Tourner le dos à Gaspard et renoncer à cette amitié, au nom de la morale qu'on lui avait toujours enseignée ?

— Ah ça, on peut dire que t'es vraiment un drôle de gars, toi ! Donc tu es un... carotteur. Je vais essayer de faire avec ça. Mais si tu veux bien, je vais quand même continuer de t'appeler Gaspard. Et puis, je te demande une chose, c'est d'éviter de carotter en ma présence.

— Ça, je te le promets. Ça tombe bien parce qu'il y a une chose que je déteste plus que tout, c'est de carotter en compagnie. J'ai toujours estimé que le carottage doit être une activité solitaire ! conclut Gaspard sur un ton sentencieux.

Quel phénomène ! Ce gars-là avait vraiment

réponse à tout. Gabriel se dit que décidément, avec un compagnon comme celui-là, il n'allait pas s'ennuyer.

— Bon, il faut que je te laisse maintenant et que j'essaie de trouver ma chambre.

— C'est vrai, mais n'oublie pas qu'avant, tu me dois une confidence !

— Ah oui ! Dis donc, tu ne perds jamais le nord, toi !

Gabriel jeta un coup d'œil autour de lui pour s'assurer que personne ne pouvait l'entendre. Heureusement, il régnait dans le dortoir un joyeux brouhaha qui couvrirait sans peine ses paroles. Ce fut pourtant dans un murmure qu'il avoua :

— Eh bien, mon père s'appelle Antoine Boisseau et, depuis six ans, c'est le bras droit du ministre Fouché.

En entendant ce nom, Carotteur fit entendre un long sifflement admiratif.

— Mazette, Fouché ! Rien que ça ! Le ministre de la Police ! Le ministre le plus puissant de France ! Celui qui sait tout sur tout et tout le monde. Celui qui a le pouvoir de faire ouvrir toutes les lettres. On raconte même qu'il en sait plus que l'Empereur...

Gabriel parut sidéré par cette déclaration :

— Qui t'a dit tout ça ?

— Depuis que ma mère est morte, mon père ne s'intéresse qu'à la politique. Il passe son temps à polémiquer dans son club, ou à lire tous les journaux qu'il reçoit chaque jour.

— Oh, Gaspard ! Je suis désolé ! Je ne savais pas que...

— T'inquiète pas ! Ma mère est morte quand j'avais cinq ans. Je n'ai conservé d'elle aucun souvenir, rétorqua gaiement le rouquin. Et du coup, mon père me laisse beaucoup de liberté. Enfin, il m'en laissait beaucoup, avant de décider de m'enfermer dans cet internat. Pour faire de moi un homme, comme il dit, ajouta-t-il sur un ton beaucoup plus sombre.

— Oui, c'est ce que dit le mien aussi. Mais dis-moi, je préférerais vraiment que ce secret reste entre nous.

— Ah ça, pour la discrétion, tu peux compter sur moi. Je suis aussi bavard qu'une tombe. Mais dis-moi, puisque ton père est le bras droit de Fouché, ça veut dire que ta famille vit à Paris ?

— Oui, bien sûr.

— Mais alors, dans ce cas, pourquoi es-tu interne ?

— Tu ne sais donc pas que l'internat est obligatoire pour tous ici, même pour ceux qui habitent à deux pas du lycée ?

— Non, je l'ignorais. Quelle drôle d'idée !

— D'après ce que dit mon père, le but est de séparer les garçons de leur famille. Une façon de les familiariser avec la vie militaire, un peu comme à la caserne. De faire en sorte que la Grande Armée devienne un jour leur deuxième famille. Si tu vois ce que je veux dire...

— Ah oui ? Ben, j'trouve que c'est quand même une drôle d'idée... insista Gaspard, songeur. Bon en tout cas, toi et moi, en moins de cinq minutes, on vient de s'échanger deux énormes secrets. Je crois qu'on n'a pas d'autre choix que de devenir amis pour de bon. Qu'est-ce que t'en penses ? Moi, en tout cas, j'suis rudement content !

Hélas pour Gabriel, il était plus que temps de regagner sa chambre. Inutile de se faire remarquer dès le premier soir par le surveillant qui rôdait dans le dortoir. Il serra la main de Gaspard en lui souhaitant bonne nuit. Oui, amis pour de bon, c'était bien ce qu'il se disait, en retraversant le dortoir, son paquetage sur l'épaule. Lui, le solitaire craintif qui avait toujours tant de difficulté à se lier d'amitié. Lui, le passionné de botanique qui savait mieux parler aux fleurs qu'aux êtres humains. Voilà que dès le premier jour de rentrée au lycée, le destin venait de lui offrir un ami. Du coup, l'éloignement du foyer familial lui sembla moins douloureux. Alors, tant pis si ce gars carottait de temps à autre, il n'allait pas bouder son plaisir !

Chapitre 3
Les pommes d'une bohémienne

(Au Jardin des Plantes, un mois et demi plus tard, le dimanche 16 novembre 1806)

La vieille femme poussa un cri strident quand son panier de pommes rouges se renversa sur les pavés. Profondément concentré par sa conversation avec son parrain Baptiste, Gabriel n'avait pas vu le petit éventaire de fortune installé près des grilles du Jardin des Plantes[1] et l'avait percuté avec force. Le garçon se précipita pour réparer sa maladresse et commença à courir après les pommes qui roulaient à droite et à gauche. Il lui fallut cinq bonnes minutes pour les rattraper toutes et les replacer dans leur panier.

---

1 . Le Jardin du Roi, fondé sous Louis XIII, fut ainsi rebaptisé en 1793, lors de la Révolution française.

Par chance, elles n'avaient pas trop souffert de la chute et pourraient être vendues sans problème. Gabriel se répandit en excuses auprès de la vieille marchande édentée. Étonnant comme celle-ci ressemblait à une bohémienne avec son jupon coloré, ses poignets recouverts de breloques dorées tintinnabulantes et de grands anneaux pendus aux oreilles. Juste à ce moment, la vieille femme lui attrapa la main avec force et commença à lui parler avec une voix rocailleuse, marquée d'un fort accent slave :

— Merci pour votre gentillesse, mon prince ! Ah, si tous les gadjé[2] étaient comme vous... ! Tenez, pour vous remercier, je vais vous dire la bonne aventure.

Et, avant que Gabriel ait eu le temps de réagir, elle commença :

— Oh, c'est incroyable, je vois... un homme célèbre dans les lignes de votre main... Oh ! Seigneur ! On dirait... on dirait... Mais oui, c'est notre Empereur ! Et puis, je vois aussi... Je vois une prêtresse... Comme c'est étrange, elle descend dans sa tombe !

Gabriel essaya de se dégager. Mais la vieille

---

2. En romani, un gadjo (pl. gadjé) est quelqu'un qui n'appartient pas à la communauté tzigane.

Les pommes d'une bohémienne

femme tenait fermement sa main entre les deux siennes aux ongles crochus comme des serres d'oiseau.

— Attendez, jeune prince, j'n'ai point fini. Ah, encore l'Empereur... Seigneur, je le vois une fois... Non, deux fois... Non, trois fois... Comme c'est étonnant ! Tiens, je vois du noir, beaucoup de noir... Et puis... Oh ! Seigneur, Dieu du ciel !

La vieille femme porta sa main à sa bouche, en lançant un cri perçant et terrifié.

— Ah, mon prince ! Méfiez-vous de tout ce noir ! Il va vous faire courir un grand danger !

— Ça suffit maintenant ! gronda soudain Baptiste Boisseau, d'une voix forte. Tiens, bonne femme, voilà un dédommagement pour tes pommes. Mais lâche tout de suite la main de ce garçon ! ordonna-t-il, tout en glissant un billet dans la main de la bohémienne.

Le parrain de Gabriel était un petit homme trapu, au crâne dégarni et au visage aimable. Il repoussa la vieille femme, gentiment mais fermement. Puis il passa son bras sous celui de son filleul et l'entraîna à l'intérieur du Jardin des Plantes.

Baptiste Boisseau était le frère aîné d'Antoine, père de Gabriel. Depuis que son filleul était petit garçon, il avait coutume de lui consacrer chaque semaine un peu de son temps. Cette tradition n'avait pas été bouleversée par l'entrée du garçon à l'internat, en octobre dernier. Sauf que leur rencontre hebdomadaire avait désormais lieu le dimanche matin. Gabriel était très attaché à ce rendez-vous dominical, lui qui vouait une véritable vénération à son parrain. Médecin et botaniste, Baptiste avait consacré toute sa vie à son métier. Sa passion était si exigeante qu'il en avait même oublié de se marier et de fonder une famille. Ce qui expliquait sans doute qu'il ait reporté toute sa tendresse paternelle sur Gabriel.

C'est de son parrain que Gabriel avait hérité sa passion pour les plantes. Ce matin encore, Baptiste s'apprêtait à le faire entrer dans les locaux du Muséum d'histoire naturelle où lui-même exerçait depuis de nombreuses années. Comme à chacune de leurs visites, il allait présenter au lycéen les nouvelles espèces de plantes rares qu'il avait reçues récemment. Comme toujours, Gabriel avait emporté son carnet de dessin, bien décidé à croquer toutes les splendeurs qu'il allait découvrir.

Quand ils arrivèrent dans le laboratoire de Baptiste, la surprise fut de taille pour le garçon. Il s'agissait en effet d'un nouveau spécimen de

Yucca gloriosa, tout juste arrivé d'Amérique du Sud. Fasciné, Gabriel commença à observer la plante en silence. Quant à Baptiste, il manipulait et examinait le yucca avec autant d'attention, de douceur et de tendresse que s'il s'était agi d'un nouveau-né dans son berceau.

— Sais-tu, mon Gab, que cette beauté est également surnommée « palmier du désert » ? demanda-t-il soudain à son filleul.

Non, Gabriel ne le savait pas. D'ailleurs, c'était la première fois de sa vie qu'il voyait un yucca. Fasciné, il admirait les longues feuilles vertes brillantes et piquantes de l'arbuste, ainsi que ces magnifiques grappes de fleurs blanches.

—Tiens, non ! Et pourquoi donc ce surnom ?

— Parce que ce yucca sait aussi résister à la sécheresse et aux terribles vents du désert, répondit Baptiste. J'imagine déjà le ravissement de l'Impératrice quand nous allons lui présenter cette merveille, ajouta-t-il bientôt, en souriant à cette perspective.

Ce n'était pas la première fois que Gabriel entendait son parrain lui parler de l'impératrice Joséphine. Il savait que l'épouse de Napoléon éprouvait elle aussi une véritable passion pour les plantes, qu'elle aimait à la partager avec les savants du Muséum, et que Baptiste l'avait ainsi rencontrée plus d'une fois.

— Mais au fait, Gab, suis-je bête... reprit Baptiste. Avec tout ça, voilà que j'oublie de te donner l'information majeure de cette semaine ! Tu te souviens bien sûr de ce fameux projet d'expédition botanique aux Antilles que, depuis des semaines, je recommande à mes collègues du Muséum ?

Bien sûr que Gabriel s'en souvenait ! Baptiste ne lui parlait que de ça depuis des mois. Ensemble, ils avaient rêvé à toutes les plantes merveilleuses et mystérieuses que son parrain était certain de pouvoir découvrir sur les îles de la Martinique et de la Guadeloupe.

— Eh bien, ça y est ! reprit Baptiste d'une voix joyeuse. Mes arguments ont porté et j'ai enfin obtenu gain de cause ! Le Muséum accepte de s'associer à une expédition qui partira de Brest au printemps de l'année prochaine.

Le cœur de Gabriel bondit en entendant cette nouvelle.

— Et bien sûr, je serai du voyage ! conclut le botaniste, sur un ton triomphant.

Ah ça ! Quelle nouvelle ! Gabriel était enchanté pour son oncle. Mais aussi très frustré de ne pouvoir se joindre lui aussi à l'expédition,

Les pommes d'une bohémienne

réalisa-t-il au même instant. Comme s'il avait entendu les regrets de son filleul, Baptiste s'empressa d'ajouter :

— Je vais en parler à ton père. Qui sait ? Peut-être acceptera-t-il de te laisser interrompre ta scolarité pendant quelques mois pour que tu puisses m'accompagner ? Je te promets de tout faire pour essayer de le convaincre.

Fou de joie, Gabriel sauta au cou de son parrain pour le remercier.

Un peu plus tard, alors qu'ils cheminaient à nouveau dans les allées du parc, Gabriel aperçut au loin la vieille bohémienne de tout à l'heure. Les étranges prédictions de celles-ci lui revinrent alors en mémoire.

— Tout de même, parrain, c'est incroyable que cette femme ait vu Napoléon dans les lignes de ma main !

— Tu trouves ? répondit Baptiste en riant. Pas besoin d'être magicien pour savoir qu'il est notre Empereur.

— Oui, c'est vrai. Mais quand même, n'oublie pas que je l'ai vu en personne, le jour de la rentrée au lycée. C'est peut-être ça qu'elle a lu dans les lignes de ma main ?

— Allons, Gab, ne me dis pas que tu ajoutes foi à toutes ces sornettes ?

Peu désireux de poursuivre sur le sujet de la bohémienne, Baptiste entreprit d'interroger son filleul sur sa vie au lycée. Gabriel lui raconta alors le réveil par le tambour, chaque matin à 6 heures précises. Sauf le dimanche, où les lycéens avaient le droit de dormir jusqu'à 8 heures. Une vraie grasse matinée, ajouta Gabriel sur un ton narquois qui fit sourire son parrain. Le garçon raconta aussi les repas au réfectoire, où flottait en permanence une épouvantable odeur de chou pourri qui donnait envie de vomir. Et où on leur servait des repas tellement maigres que les lycéens avaient presque aussi faim en sortant de table qu'en y entrant. Une faim dont souffrait tout particulièrement son nouvel ami, Gaspard. En l'espace de quelques semaines, les deux garçons s'étaient beaucoup rapprochés au point de devenir inséparables. Désormais, dès qu'on apercevait l'un d'eux dans le lycée, on pouvait être sûr que l'autre était dans les parages. Assis en silence côte à côte dans leur salle de classe et au réfectoire. Ou encore en étude où ils passaient pas moins de huit heures par jour. Marchant au pas côte à côte ou épaulant le fusil, pendant la manœuvre. Discutant à bâtons rompus pendant les récréations ou le soir, pendant le quartier libre au dortoir. Une complicité qui faisait ricaner quelques moqueurs. C'est vrai que les deux amis formaient un tandem assez comique à observer : l'échalas blond, long comme un jour sans pain, et le petit rouquin trapu, aussi rond que la pleine lune.

Chapitre 4
Une rencontre dominicale houleuse

(Au Jardin des Plantes, le même dimanche, plus tard dans la matinée)

Cela faisait déjà dix bonnes minutes que, installé dans la gloriette du Jardin des Plantes, Gabriel attendait son cousin Armand. Il s'était rendu là sitôt après avoir quitté son parrain, un peu avant 11 heures. Il s'agissait d'une autre de ses coutumes dominicales : après son parrain, son cousin germain. Aujourd'hui, Gabriel était pourtant très impatient de rentrer dans sa chambre pour mettre au propre tous les croquis qu'il avait réalisés. Et naturellement, une fois de plus, Armand était en retard !

Le lycéen s'accouda à la rambarde de la gloriette. Si Gabriel se souvenait bien, c'est parce qu'il ressemblait beaucoup à une volière pour oiseaux qu'on avait ainsi surnommé ce petit kiosque construit juste avant la Révolution. Il avait même entendu dire que c'était le plus ancien édifice métallique de Paris. Il se pencha pour observer le labyrinthe de verdure qui s'étendait en contrebas. Il sourit en se souvenant combien il aimait venir y jouer quand il était petit et que sa mère Adélaïde l'emmenait ici en promenade.

Le garçon jeta un nouveau coup d'œil au gong solaire situé au-dessus de sa tête. Mazette, pourquoi son énergumène de cousin était-il incapable d'arriver à l'heure ? C'est alors qu'il entendit une voix familière crier son nom. En se penchant au-dessus de la rambarde, il aperçut un jeune homme d'une vingtaine d'années. Armand était vêtu d'une redingote de soie grise. Grise comme le ruban qui réunissait en un catogan ses longs cheveux cendrés. Le comble de l'élégance, comme toujours. Un vrai gentilhomme. Le portrait craché de son père. Enfin, c'est sûrement ce qu'aurait dit Adélaïde, la mère de Gabriel, si elle avait vu son neveu à cet instant.

Louis Vaubois de La Roche, le père d'Armand, était le frère d'Adélaïde Boisseau. Royaliste convaincu et acharné, Louis Vaubois était mort onze ans plus tôt au cours d'un des combats de la guerre de Vendée[3]. Armand ne s'était jamais remis de la tragique disparition de son père. Avant de s'engager dans l'armée royaliste, Louis Vaubois de la Roche avait été un médecin très réputé. Par fidélité à la mémoire de son père, Armand avait décidé de suivre la même carrière que lui. Il était donc venu s'installer à Paris, afin d'y étudier à l'École de médecine. Or, en tant que fils d'un « traître et ennemi de la nation », Armand était proscrit. C'est-à-dire que, selon la loi, il lui était interdit de résider dans la capitale. Certes, il aurait pu demander à être radié de cette liste de proscrits. S'il l'avait fait, sans doute aurait-il eu gain de cause, comme la plupart des émigrés qui avaient été autorisés à rentrer en France par Napoléon. Mais Armand était bien trop fier pour demander la moindre faveur à l'Empereur. Si bien que, depuis dix-huit mois, c'est clandestinement qu'il vivait et étudiait à Paris. Caché sous le pseudonyme d'Armand Laroche.

En dépit des cinq années qui les séparaient, une grande complicité pleine d'affection unissait les deux cousins. Et cela, depuis leur plus jeune

---

3. Pendant la Révolution française, celle-ci opposa les Vendéens royalistes aux forces républicaines (surnommées les Bleus).

âge. Il faut dire qu'Armand s'était toujours posé comme le protecteur infaillible du petit Gabriel, si timide et peu aguerri aux escarmouches entre garçons. Tout au long de leur enfance, il n'avait cessé de le défendre contre la rudesse et la malveillance des grands. D'où la reconnaissance et l'admiration éperdues que le lycéen vouait depuis lors à son cousin.

Armand bondit dans le kiosque et se précipita joyeusement sur Gabriel qu'il serra dans ses bras.

— Oh Gab, pardonne-moi ! Je suis encore en retard. Peut-être devrais-tu m'offrir une montre pour Noël ?

Gabriel s'apprêtait à lui répondre, mais il perdit vite le sourire en apercevant derrière son cousin un gars brun et trapu. Jocelin Ramenard, encore ! Dès la première minute, Gabriel avait ressenti une vive antipathie à l'égard de ce garçon au physique corpulent et ingrat, aussi impoli qu'arrogant. Son animosité n'avait fait que se renforcer au fil de leurs rencontres, et il ne s'était d'ailleurs pas privé d'en faire part à Armand. Celui-ci remarqua immédiatement sa mine dépitée.

— Pas d'inquiétude, Gab ! Jocelin a rendez-vous avec un bouquiniste du quai Saint-Bernard, à deux pas d'ici. C'est pourquoi il m'a accompagné. Il nous quittera dans un quart d'heure, glissa-t-il à l'oreille de son cousin, en lui serrant le bras d'un geste apaisant.

Même si le soleil brillait vaillamment ce matin-là, il faisait très froid. Les garçons commencèrent à marcher dans les allées du Jardin des Plantes, afin de se réchauffer. Et ce que Gabriel redoutait ne manqua pas d'arriver... Jocelin n'attendit pas deux minutes pour commencer à l'attaquer bille en tête. Il commença par le détailler de pied en cap. Il faut dire que même lors de ses sorties du dimanche, le pauvre Gabriel avait l'obligation de porter son uniforme !

— Alors, le petit soldat de Napoléon ? Que penses-tu de la brillante victoire de ton Empereur, le mois dernier à Iéna ?

— J'en pense que comme tu le dis, c'était une brillante victoire. Qui vient confirmer celle de l'année dernière à Austerlitz et prouve définitivement son génie s'il en était besoin, répondit fièrement Gabriel.

— Ah oui ? Et tu ne t'es pas demandé combien de pauvres gars avaient laissé leur vie pour aller détruire l'armée prussienne et conquérir ces plaines d'Allemagne qui ne nous appartiennent pas. On parle d'au moins cinquante mille morts en une seule journée !

— Cette armée prussienne nous narguait

depuis longtemps ! rétorqua Gabriel, sûr de son fait.

Il en fallait plus pour réduire Jocelin au silence.

— Elle nous narguait, dis-tu ? Était-ce une raison pour se comporter comme un envahisseur ? Tu n'as pas conscience que c'est contraire à toutes les lois de la morale, même pour un usurpateur ? Mais c'est vrai que la morale est le cadet de ses soucis.

Et voilà ! Le mot « usurpateur » était lâché, une fois de plus. Il faut dire que Jocelin et Armand l'utilisaient à tout bout de champ. Une vraie rengaine. À les écouter, l'Empereur avait « usurpé » le pouvoir. Alors qu'il aurait dû le restituer... à « Louis XVIII », ou plutôt le comte de Provence, le frère de Louis XVI ! Louis XVIII, ce vieux prince grabataire, en exil depuis 1789, et qui depuis plus de quinze ans attendait son tour pour monter sur le trône ! Armand et Jocelin étaient des royalistes qui ne rêvaient que d'une chose : le retour des Bourbons, quinze ans après le début de la Révolution. Ah ça oui, sur le plan des idées politiques aussi, Armand était bien le digne héritier de son père ! Des idées aux antipodes de celles de Gabriel, qui soutenait le régime impérial du fond du cœur.

Sitôt sa tirade terminée, Jocelin eut le bon goût

Une rencontre dominicale houleuse

de s'éclipser pour se rendre à son rendez-vous. Il était temps, car Gabriel sentait la rage le gagner. C'est avec beaucoup d'inquiétude qu'il constatait le durcissement des opinions politiques de son cousin. Armand n'hésitait plus à clamer haut et fort sa haine pour Napoléon, mais aussi sa volonté de le détrôner et de restaurer la monarchie. Une radicalisation que Gabriel attribuait à l'influence néfaste de cet insupportable Jocelin. Une radicalisation inquiétante. Après le départ de son ami, Armand continua à marcher quelque temps en silence. Soudain, il s'arrêta et posa ses deux mains sur les épaules de son jeune cousin :

— Ne fais pas attention à toutes les provocations de Jocelin. Ce qui compte pour moi, c'est que tu ouvres enfin les yeux sur toute cette propagande qu'on vous enfonce dans le cerveau toute la journée, dans ton lycée. Enfin, je devrais plutôt dire dans ta caserne ! On vous fait croire que Napoléon est le sauveur de la France. Mais c'est faux ! Ce n'est qu'un misérable dictateur qui emprisonne tous ceux qui sont d'un avis contraire au sien.

— À part quelques illuminés comme Jocelin et toi, personne ne s'oppose à lui ! répliqua Gabriel avec agacement. Tu le sais aussi bien que moi. Les gens sont assez sensés pour savoir que c'est lui qui a ramené la paix en France.

— Ça, c'est ce que tu crois ! l'interrompit Armand avec fougue. Il y a aujourd'hui, dans l'ombre, des forces puissantes qui s'opposent à lui. Et elles finiront par le renverser, je t'en fais la promesse !

Gabriel soupira sans répondre. À quoi bon argumenter ? De rencontre en rencontre, son cousin s'acharnait à lui assurer qu'il était victime d'endoctrinement.

Désireux de couper court à cette discussion inutile, Gabriel lui demanda des nouvelles de sa mère. Ce qui permit à la conversation de passer vers des sujets moins polémiques. Vers midi, Armand annonça qu'il devait rentrer afin de réviser pour ses examens qui débuteraient la semaine suivante. Il ouvrit alors une gibecière qu'il portait sur le côté droit. Et il en sortit un grand mouchoir à carreaux, dans lequel étaient emballés un morceau de fromage, un sachet de friandises, ainsi qu'une bouteille de citronnade.

— Tiens, mon Gab, je me suis dit que ça pourrait améliorer ton ordinaire et celui de ton nouvel ami Gaspard... C'est bien son nom, n'est-ce pas ? Tu m'as bien raconté qu'il avait tout le temps faim, le malheureux ?

Pour toute réponse, Gabriel se jeta au cou de

son cousin avec effusion et demanda avec insistance à Armand quel service il pouvait lui rendre en retour. Celui-ci avait baissé la tête et croisé ses mains derrière son dos. Soudain il se décida : puisque Gabriel insistait, il pouvait en effet lui rendre un service qui lui ferait gagner un temps précieux. Sa mère venait de lui expédier de Vendée un colis qui l'attendait dans une boutique de l'île de la Cité, chez un marchand de tabac appelé Boucheseiche. Oui, en effet, c'était un drôle de nom. Son échoppe se trouvait rue des Marmousets. Gabriel pourrait-il aller chercher ce colis en son nom, dimanche prochain par exemple ? Attention, il ne s'agissait pas de n'importe quel colis puisqu'il contenait rien moins que plusieurs livres de médecine qui avaient appartenu à son père. Gabriel pourrait par exemple le garder dans sa chambre d'internat, jusqu'à ce qu'Armand lui fasse signe pour un nouveau rendez-vous. Sur le dessus du colis se trouveraient également quelques confitures et cochonnailles que sa mère ne manquait jamais d'ajouter. Toutes ces douceurs et friandises, Gabriel et son ami pouvaient s'en régaler. En revanche, ce qu'il leur demandait expressément, c'était de surtout, surtout ne pas ouvrir le reste du colis ! Il contenait des livres très anciens, des gravures précieuses que toute manipulation risquait d'endommager. Inutile d'ailleurs d'évoquer cette affaire devant qui que ce soit d'autre, les livres de son père ayant été en principe confisqués comme l'ensemble de ses biens. Pouvait-il compter sur Gabriel ?

Armand avait débité sa demande d'une traite, la tête baissée, sans reprendre son souffle, comme s'il y avait urgence. Enfin il se tut. C'est alors que Gabriel put lui répondre, avec un immense sourire, que naturellement, il se rendrait au plus tôt chez ce Boucheseiche et qu'il était vraiment heureux de pouvoir lui rendre ce service.

Chapitre 5
Commissionnaire malgré lui

(Dans les rues de Paris, le dimanche suivant, 23 novembre 1806)

Il était 4 heures passées quand Gabriel arriva d'un pas rapide sur le quai Voltaire. Comme promis à Armand le dimanche précédent, il se dirigeait vers l'île de la Cité. Le garçon accéléra encore le pas. Impossible aujourd'hui de traîner le long de la Seine, ou de musarder entre les échoppes de bouquinistes, comme il aimait le faire d'habitude.

Aussi, pourquoi n'avait-il pas tenu sa langue ? Quel triple idiot il était ! Ce dimanche, il s'était rendu chez ses parents pour le déjeuner. Comme il le faisait une fois par mois depuis qu'il était pensionnaire au lycée Napoléon. Encore une exception que Gabriel devait à son régime de faveur, la plupart des internes n'étant autorisés à sortir qu'une fois par trimestre. Et voilà qu'après le repas, sa mère lui avait demandé quels étaient ses projets pour l'après-midi. Et là, sans réfléchir, voilà qu'il avait répondu qu'il devait faire une course pour Armand. Sa mère avait poussé les hauts cris et lui avait formellement interdit d'y aller. Gabriel avait dû user de mille arguments pour la faire changer d'avis. Ces négociations interminables l'avaient terriblement retardé.

Il faut dire que de ses deux parents, seule Adélaïde Boisseau connaissait la présence de son neveu Armand à Paris, sous son nom d'emprunt. Quand elle avait appris cette nouvelle, elle avait préféré la cacher à son mari Antoine. Très légaliste, celui-ci n'avait jamais accepté l'adhésion de certains membres de la famille Vaubois de La Roche à la cause vendéenne royaliste. En outre, du fait de ses fonctions au ministère de la Police, il n'aurait pas non plus admis la présence illégale d'Armand dans la capitale. Alors mieux valait garder le silence sur tout ça. Gabriel n'osait même pas imaginer ce qui se passerait si son père venait un jour à découvrir ce secret.

Le garçon poursuivit son chemin le long du

Commissionnaire malgré lui

fleuve et arriva bientôt à la hauteur du Pont-Neuf[4]. Comme d'habitude, une foule compacte s'y pressait, mêlant piétons, voitures et chevaux. La circulation était si dense et ralentie que Gabriel n'eut pas la patience d'attendre. Agacé, il reprit sa marche sur le quai. Zut, il ne lui restait plus qu'une solution pour traverser le fleuve : le Pont-au-Double. Voilà un pont qu'il n'aimait pas du tout ! Il faut dire qu'il s'était déjà effondré deux fois au cours du siècle dernier. Quand Gabriel y parvint, il franchit au pas de course le vieil édifice fragile. Mazette, il avait l'impression de le sentir tanguer sous ses pieds ! Arrivé sain et sauf de l'autre côté, sur l'île de la Cité, il poussa un soupir de soulagement.

Après avoir traversé le parvis de la cathédrale Notre-Dame, Gabriel longea l'Hôtel-Dieu. À proximité de ce vieil hôpital, construit sept siècles plus tôt, planait en permanence une odeur de pourriture et de chair en décomposition. À croire qu'on laissait traîner des cadavres dans les cours et les couloirs de l'édifice. Pouah ! Pour éviter de vomir, Gabriel accéléra le pas. Ah ! Paris... Le garçon était toujours fasciné

---

4. À cette époque, il n'existait que très peu de ponts à Paris pour traverser la Seine.

par son tissu de splendeurs et d'horreurs. Mais s'il y avait bien deux caractères de la capitale qu'il ne supportait pas, c'était son extrême saleté et ses odeurs pestilentielles. Durant toute la matinée, une pluie drue et incessante s'était abattue sur la ville. Si bien que de nombreuses rues, avec leur unique ruisseau central et leur absence de trottoirs, débordaient maintenant d'immondices. Couvertes d'un crottin noir et poisseux, elles ressemblaient à des labyrinthes creusés dans la boue. Par chance, Gabriel aperçut un petit « Savoyard » qui traînait par là. À sa demande, celui-ci jeta une planche entre deux pavés. Ce qui permit au garçon de traverser, après lui avoir versé son péage d'un sou, bien sûr[5].

Gabriel finit par trouver la rue des Marmousets. Il erra quelque temps dans le passage étroit, à la recherche de l'échoppe du fameux Boucheseiche. Il commençait à désespérer quand il finit par remarquer, à quelques mètres devant lui, une curieuse enseigne en forme de carotte. Mais oui, bien sûr, la carotte ! L'emblème choisi par les marchands de tabac !

---

5. Il s'agissait d'un des nombreux petits métiers de rue alors très répandus.

Cette carotte que l'on doit glisser dans tout pot de tabac pour éviter qu'il se dessèche. S'approchant de l'échoppe, il essaya de jeter un coup d'œil à l'intérieur. Mais la vitrine était complètement opaque. Il se décida à entrer.

Dès le seuil, une horrible puanteur de tabac et de suif saisit Gabriel à la gorge. La boutique était extrêmement sombre. Quasiment aucune lumière, sauf celle d'une maigre chandelle. Il fallut quelques instants à ses yeux pour s'habituer à la pénombre. Le garçon aperçut alors un homme, debout au fond de l'échoppe. Enfin un homme... Plutôt une sorte d'échalas, rachitique à faire peur, long comme un jour sans pain, avec un drôle de crâne chauve, aussi luisant et allongé qu'un œuf d'autruche. Tandis qu'au milieu de son visage, brillaient deux petits yeux noirs et cruels, enfoncés dans leurs orbites. L'étrange escogriffe le fixait en silence, le dévisageant de la tête aux pieds. Stupéfait par cette apparition inquiétante, Gabriel frissonna. Il dut rassembler toutes ses forces pour articuler de la voix la plus aimable qu'il put :

— Bonjour, monsieur. Je suis envoyé par mon cousin, Armand Vaubois de La Roche. Il m'a chargé de récupérer le colis que sa mère vous a remis pour lui.

Un temps infini s'écoula avant que l'autre lui réponde, d'une voix caverneuse :

— J'connais personne d'ce nom-là !

Mince, alors. Se serait-il trompé d'échoppe ?

— Pardon... Êtes-vous bien monsieur Boucheseiche ?

Le chauve hocha la tête en silence. C'est alors qu'une nouvelle étincelle jaillit dans l'esprit de Gabriel.

— Ah, mais j'y pense... Peut-être que vous connaissez plutôt mon cousin sous le nom d'Armand Laroche ?

L'inconnu vrilla son regard dans celui de Gabriel avec plus de force encore. Mazette, si ses yeux avaient été des pistolets, il aurait été tué sur le coup !

— Qui es-tu donc, garnement ? finit-il par demander de sa voix grave.

Gabriel commençait à s'affoler. C'est en bégayant qu'il répondit :

— Eh bien... je m'appelle Gabriel Boisseau et je suis le cousin... le cousin germain d'Armand Laroche !

— Tu prétends être son cousin et tu ne connais même pas son nom ? l'interrompit l'homme dans un grognement terrifiant.

— C'est-à-dire que le nom d'Armand

Laroche... bégaya Gabriel, maintenant complètement paniqué.

— Y s'trouve qu'Armand Laroche a été fort imprudent de t'envoyer ici ! gronda l'autre avec colère. L'aurait dû m'informer de ce changement de programme, et m'annoncer qu'y m'envoyait un commissionnaire ! Qui m'dit que t'es point d'la police ?

Cette accusation frappa Gabriel de stupeur. Ce type était donc fou ?

— Je ne comprends rien à ce que vous me dites, monsieur. De quoi me soupçonnez-vous ? Je n'ai que quatorze ans...

— Et alors ? Tu n'serais point la première mouche recrutée dès le berceau par c'te racaille ! Et d'ailleurs, c'est quoi, c't'uniforme que tu portes là ?

— Ah ça ?! répondit Gabriel, presque soulagé. Ce n'est rien, monsieur. C'est juste que je suis lycéen. Lycéen au lycée Napoléon. Et que le règlement m'oblige à porter cette tenue tous les jours, même le dimanche.

— As-tu une preuve que c'est bien Armand Laroche qui t'envoie ? Quelque détail personnel le concernant...

— ???... Une preuve ?... bégaya Gabriel. Eh bien, je ne sais pas... Peut-être vous dire, par exemple, que la mère d'Armand se nomme Hermance Vaubois de la Roche... Vous devez la connaître puisque c'est elle qui vous a remis le colis !

— Et son père ?

— Quoi, son père ?

— Eh ben, quelle était sa qualité, à son père ?

— Eh bien... médecin !

— Et en quelle année qu'il est mort ?

— En 1795.

— Sous les ordres de qui qu'y se battait ?

— Le général de Charette, je crois. Celui qu'on surnommait le roi de la Vendée. Mais je ne comprends pas...

— Ça ira comme ça. Mais dis-y bien, à ton cousin, que c'est la dernière fois qu'y désobéit de la sorte aux règles de sécurité ! gronda l'homme de sa voix menaçante.

Gabriel se contenta d'opiner. Affolé par cette batterie de questions, il avait la bouche sèche, la gorge serrée et les mains tremblantes. Quel charabia incompréhensible ! De quelles « règles de sécurité » parlait donc cet affreux bonhomme ?

— Reste là sans bouger ! Je m'en vais t'chercher le colis.

L'homme sortit dans la rue et Gabriel resta seul dans l'échoppe obscure. Soudain, il crut entendre un violent craquement dans l'arrière-boutique. Curieux, il s'approcha de la porte entrebâillée. Il la poussa et attendit que ses yeux s'habituent à la pénombre. Le long du mur du fond, il aperçut alors toute une série de longues jarres allongées et hautes de plus d'un mètre. Tiens, qu'était-ce donc que cela ? Pas des pots de tabac en tout cas. Son regard poursuivit son inspection. Mais, il n'entendait plus rien. Rien qui permette d'expliquer le bruit qui l'avait intrigué. Ses yeux revinrent avec curiosité se poser sur les jarres. Gabriel se souvenait d'en avoir déjà vu de semblables. Oui, mais où ? Et quand ? Encore une fois, Gabriel crut entendre du bruit. Le cœur battant, il se rejeta en arrière. Ouf, personne ! Il décida d'attendre le retour du marchand, sans bouger davantage.

Le bonhomme revint peu après, tenant le colis sous son bras. Il le remit à Gabriel et lui ordonna de déguerpir aussitôt. Autant dire que celui-ci ne se le fit pas dire deux fois. D'ailleurs, il lui fallait maintenant se dépêcher s'il voulait être au lycée avant 6 heures ! Il partit en courant.

C'est alors qu'il tournait à l'angle de la rue des Marmousets que la mémoire lui revint. Ces longues jarres allongées, il les avait vues en Vendée. C'était l'été dernier, dans l'épicerie du père Magoire, un jour qu'il était allé y acheter de l'huile pour sa mère. Mais oui, bien sûr, il s'agissait de jarres d'huile ! Mais, fichtre, que faisaient donc des jarres d'huile dans l'échoppe d'un marchand de tabac ?

Chapitre 6

Une étrange découverte

(Au lycée Napoléon, le même dimanche, un peu plus tard dans la soirée)

Le premier coup de 6 heures sonnait au carillon du lycée quand Gabriel en franchit le seuil au pas de course. Ouf ! Une minute de plus et il était cuit. Devant le grand portail, le surveillant général Collard attendait déjà les retardataires d'un pied ferme, bien décidé à leur faire passer le plus mauvais quart d'heure possible. Collard, c'était l'homme en blouse grise que Gabriel avait aperçu le jour de la rentrée. Depuis, l'adolescent avait découvert qui il était : un homme cruel et sans pitié, qui se plaisait à punir les élèves au moindre prétexte. Et à les humilier dès qu'il en avait l'occasion. Le garçon avait vite appris à ne pas se trouver sur le chemin de ce sinistre personnage.

À Gabriel qui passait près de lui, Collard se contenta de jeter un regard éloquent. Heureusement le garçon était entré si vite que le surveillant n'avait pas eu le temps de remarquer la boue qui maculait ses chaussures et son pantalon. Ouf ! Le garçon avait traversé la cour à fond de train et monté les escaliers quatre à quatre. Il s'était ensuite précipité dans sa chambre dont il avait claqué la porte. Puis, il s'était dépêché d'enfiler son uniforme de rechange ; par chance, son trousseau en contenait deux.

C'est à ce moment-là que Gabriel entendit gratter à la porte. L'ayant entrebâillée, il aperçut alors le visage rond de Gaspard qui lui souriait. À croire que celui-ci avait un sixième sens pour l'avertir des faits et gestes de son camarade.

— Qui t'a dit que j'étais rentré ? lui demanda-t-il, médusé.

— Tu as claqué si fort la porte de ta chambre qu'on a dû t'entendre jusque sous les tours de Notre-Dame. La prochaine fois, si tu veux faire une arrivée discrète, il faudra t'y prendre autrement. Je peux entrer ?

Une étrange découverte

— Oui, bien sûr... excuse-moi, répondit Gabriel en se poussant pour le laisser passer.

Bien sûr, les vêtements et les souliers crottés furent la première chose que Gaspard remarqua en pénétrant dans la pièce.

— C'est donc dans un marais que tu avais rendez-vous, cet après-midi ?

— Non. Seulement sur l'île de la Cité, mais tu as raison : cet endroit a tout du marais. J'étais justement en train de me demander comment j'allais faire pour nettoyer tout ça, ajouta Gabriel en poussant un soupir à fendre l'âme.

— T'inquiète pas ! Je me suis lié d'amitié avec la lingère. Figure-toi que c'est une Bretonne qui connaît ma famille et qui me doit quelques services, ajouta-t-il avec ce ton de conspirateur qu'il aimait tant. Mets tout ça dans un baluchon ; je l'emporte et j'en fais mon affaire !

Gabriel lança à Gaspard un regard aussi admiratif qu'émerveillé. Il n'avait jamais rencontré quelqu'un d'aussi malin et débrouillard que son ami. Comment ce diable de rouquin parvenait-il à débrouiller systématiquement toutes les situations compliquées ? Cela restait un mystère absolu.

Gabriel se souvint qu'il avait rapporté de quoi lui témoigner sa reconnaissance. Il l'invita à s'asseoir sur son lit et prenant à son tour un air mystérieux, commença à déballer le colis que lui avait confié Boucheseiche. Après avoir défait délicatement les nœuds qui tenaient l'ensemble, il commença à l'ouvrir en observant Gaspard du coin de l'œil. Quelle joie de voir le regard de celui-ci s'illuminer de plaisir quand Gabriel brandit devant lui un magnifique saucisson ! Gaspard éclata d'un rire joyeux, sortit son canif de sa poche, et sans tarder, entreprit de découper la cochonnaille en rondelles. Puis, la bouche pleine, il demanda à Gabriel de lui raconter sa course de l'après-midi. Celui-ci ne se fit pas prier et commença à raconter son aventure par le menu.

— Comment dis-tu qu'il s'appelle, ce marchand de tabac ? l'interrompit Gaspard.

— Boucheseiche.

— Boucheseiche... Boucheseiche... répéta l'autre d'un ton pensif. J'ai déjà entendu ce nom quelque part, j'en suis certain. Mais où et quand ? Je n'arrive pas à me rappeler... C'est agaçant !

— Tu fréquentes les marchands de tabac, toi ?

— Mais non ! Pourtant, je suis sûr d'avoir entendu parler de lui. D'avoir lu son nom quelque part. Et ça n'avait rien à voir avec une histoire de dépôt de tabac, tu peux me croire.

Bon, inutile de s'énerver... Ça finira bien par me revenir, conclut-il en s'emparant d'un autre morceau de saucisson qu'il engloutit avec gourmandise.

Pendant que Gabriel continuait à faire l'inventaire de toutes les merveilles gastronomiques offertes par sa tante Hermance, Gaspard entreprit de lui raconter sa propre après-midi. Après le départ de Gabriel vers 9 heures ce matin, il avait commencé à lire le journal. Mais, l'ennui l'ayant vite gagné, il avait décidé de partir à la découverte... des cuisines du lycée ! En entendant cela, Gabriel lui lança un regard éberlué. Comment aurait-il pu entrer dans les cuisines ? Elles étaient fermées à double tour.

— C'est justement ce que je me suis dit, figure-toi, répondit Gaspard avec un clin d'œil. J'ai donc fait un détour par la loge. Là, j'ai profité du petit somme que notre cher concierge-tambour effectue tous les dimanches en fin de matinée pour lui subtiliser ceci, ajouta-t-il fièrement en sortant de sa poche... un passe-partout !

Gabriel lui lança un regard affolé :

— Tu as piqué le passe-partout du concierge ? Mais tu es complètement fou !

— Mais non, pas fou du tout. Juste prévoyant.

— Mais que va-t-il se passer quand il s'en apercevra ? Tu as imaginé l'ouragan qui va s'abattre sur nos têtes ?

— Ne crains rien. Il n'y verra que du feu. Pour la simple et bonne raison que des passe-partout, il en a au moins quinze. Alors un de plus, ou un de moins ? Je pense qu'il devait être serrurier avant de devenir concierge !

Gabriel restait muet de surprise. Décidément Gaspard ne cesserait jamais de le surprendre.

— Et que comptes-tu faire d'un passe-partout ?

— Eh bien, ouvrir les portes, pardi !

— C'est malin...

— Oui, très malin, en effet. Mais il fallait y penser. D'ailleurs, j'ai déjà commencé, figure-toi. Comme je te le disais il y a une minute, je suis allé faire un tour dans les caves des cuisines. Et là je me suis régalé d'un délicieux baba au rhum que ces saligauds de profs et de surveillants avaient sûrement l'intention de garder pour eux, ajouta-t-il en soupirant d'aise à ce souvenir. Mais le baba au rhum, ce n'est pas le plus important... reprit-il avec sa voix de conspirateur.

— Ah bon ? Tu as trouvé quelque chose d'encore meilleur à te mettre sous la dent ?

— Non pas vraiment meilleur, mais beaucoup plus intéressant. Une porte !

— Tu as trouvé une porte ? Tu te moques de moi ?

— Oui, une porte ! Une vieille porte en bois pourri, à moitié cachée derrière des tonneaux, tout au fond de la cave. Une porte drôlement vieille qui ne doit pas être ouverte très souvent. Je suis sûr qu'ils y planquent des réserves de bonne nourriture, les salopiauds ! Bref, je n'avais pas assez de temps pour l'ouvrir aujourd'hui. Mais je compte bien m'en occuper un de ces jours.

— Et si tu te fais prendre ?

— Ça ne risque pas...

— Ma parole, c'est bien vrai : tu es complètement fou !

— Oui, je sais. Mais c'est ce qui fait mon charme, non ? ajouta Gaspard, avec un nouveau clin d'œil malicieux.

Gabriel soupira en secouant la tête. Quand Gaspard partait dans cette direction, il était inutile d'essayer de le suivre. Et encore moins de le rattraper ou de l'arrêter. Le garçon continua de vider toutes les friandises enfermées dans le colis. Quand il eut terminé, ses mains touchèrent une sorte de double fond. Il se souvint alors de la consigne d'Armand : ne surtout pas ouvrir le reste du colis ! Se rappelant sa promesse, Gabriel commença à le refermer. Tout en mastiquant avec délice ses tranches de saucisson, Gaspard lui demanda ce que contenait encore le paquet. Gabriel lui répéta les paroles d'Armand.

— Ah ça ! C'est incroyable, cette coïncidence ! s'exclama Gaspard. Moi aussi, j'ai une passion pour les vieux livres. Mon père en fait la collection. Il en a des centaines dans sa bibliothèque. Laisse-moi juste y jeter un coup d'œil !

— Écoute, Armand m'a demandé de ne pas y toucher, lui répondit Gabriel, très embarrassé. Il m'a dit qu'ils sont très fragiles.

— Juste un coup d'œil. Ça n'abîmera rien, voyons ! rétorqua le rouquin, en se penchant pour entrouvrir à nouveau le colis.

Gabriel soupira sans essayer davantage de le dissuader. De toute façon, quand Gaspard avait décidé quelque chose, il était inutile d'essayer de le faire changer d'avis. Celui-ci souleva le double fond avec délicatesse. Après avoir regardé ce qu'il y avait en dessous, il poussa le coude de Gabriel.

— Dis donc Gab, où sont les livres ? Je ne les vois pas... Je ne vois que du tissu noir ! C'est quoi ce tissu, d'après toi ?

Une étrange découverte

— Eh bien, je ne sais pas, moi, répondit Gabriel en jetant un coup d'œil au colis. Sans doute un linge destiné à protéger les livres ? Après tout, Armand m'a répété plusieurs fois qu'ils étaient très fragiles.

— Hum... Un peu bizarre, tout de même... Tu crois que je peux soulever le tissu pour voir ce qu'il y a au-dessous ?

Gabriel profita de cette interrogation pour faire preuve d'autorité.

— Non ! Maintenant, ça suffit ! J'ai promis à Armand de ne toucher à rien. Donc on remballe tout !

Gabriel retira le colis des mains de son ami et s'empressa de le refermer avant qu'il ait le temps de réagir. C'est alors que résonna dans le couloir le roulement du tambour. Les deux garçons poussèrent en cœur un long soupir de dépit. Allons, le temps avait passé trop vite, et c'était déjà l'heure de descendre pour dîner. Enfin, dîner était un bien grand mot. Car à coup sûr, comme d'habitude, le repas les laisserait sur leur faim.

— Heureusement qu'on vient de s'enfiler un saucisson ! s'exclama Gaspard avec son éternelle bonne d'humeur.

Gabriel opina du chef. La sienne, d'humeur,

elle s'était bien refroidie en entendant le tambour. Il venait de se souvenir qu'après le dîner et avant le coucher, il y aurait encore une heure d'étude, comme tous les soirs. Et demain, la routine quotidienne allait reprendre son cours. Réveil à 6 heures du matin, alternance de quatre heures de cours et de huit heures d'études quotidiennes, sans parler des manœuvres. Oui, au lycée Napoléon, les jours ressemblaient terriblement aux jours, d'une grisaille désespérante et d'une monotonie à pleurer.

Chapitre 7
Destination inconnue

(**Le mardi 2 décembre 1806, en fin d'après-midi**)

Bien qu'on ait à peine dépassé les 6 heures du soir, il faisait déjà nuit noire dans les rues de Paris. De loin en loin, quelques lanternes se balançaient au bout de leur potence et tentaient de trouer l'obscurité. Sans grand résultat. Appuyé contre le carreau de la fenêtre de la calèche, Gabriel plissait les yeux afin de mieux observer le paysage qui défilait devant lui.

Une demi-heure plus tôt, il se trouvait encore à l'étude au milieu de tous ses camarades, quand Collard était venu lui annoncer qu'on l'attendait au parloir. À la moue dégoûtée arborée par le surveillant, Gabriel avait compris que celui-ci ignorait la raison de cette sollicitation tout à fait inhabituelle, et que cela l'agaçait au plus haut point. Au parloir, le garçon avait eu la surprise de découvrir le proviseur en grande conversation avec... son parrain Baptiste ! Sur un ton solennel, de cette voix nasillarde et pompeuse qui avait frappé Gabriel dès le jour de la rentrée, le vieux Wailly lui avait alors annoncé :

— Jeune homme, il me revient l'honneur de vous annoncer la faveur inouïe que je viens de vous accorder. Vous êtes autorisé ce soir à sortir avec votre parrain ici présent. Une requête soutenue par Monsieur votre père et qu'il m'était de ce fait impossible de refuser ! avait-il conclu en grimaçant légèrement.

D'évidence, cette autorisation de sortie exceptionnelle lui était arrachée et il n'appréciait guère le procédé. Gabriel avait dû se mordre violemment la langue pour s'empêcher de hurler de joie. Au lieu de ça, il s'était répandu en mielleuses paroles de remerciement. Quelques instants plus tard, les deux Boisseau se dirigeaient vers la sortie du lycée. En passant devant la loge, Gabriel avait dû se retenir pour ne pas embrasser le vieux concierge qui les avait regardés passer avec stupéfaction. En temps normal, cet ancien soldat, estropié lors de la bataille de Marengo[6] et qui faisait office de tambour pendant la semaine, ne lui était pourtant guère sympathique.

Quelques minutes plus tard, parrain et filleul étaient installés dans une voiture dont les chevaux trottaient à bon train dans les rues de Paris. Assis en face de Gabriel, Baptiste se taisait, un grand sourire joyeux barrant son visage buriné et bienveillant. Le garçon n'osait rompre ce silence même s'il mourait d'envie de le questionner sur leur destination. Quant à la raison de cette permission tout à fait extraordinaire, en revanche, il la devinait sans peine : aujourd'hui, le 2 décembre 1806, Gabriel venait d'avoir quinze ans.

À l'évidence, Baptiste prenait grand plaisir à maintenir ainsi son filleul sur le gril. Il finit cependant par lui chuchoter, d'une voix pleine de tendresse :

— Quinze ans, ce n'est pas un âge ordinaire, mon cher Gab. Je t'ai donc préparé une surprise qui sort un peu de l'ordinaire. Aussi, tu me

---

6. Bataille remportée en Italie le 14 juin 1800 par Bonaparte Premier consul contre l'armée autrichienne.

pardonneras de ne rien te dévoiler dans l'immédiat. Cependant, observe bien l'itinéraire que nous suivons. Peut-être y repéreras-tu quelques indices te permettant de deviner notre destination.

Et depuis, Gabriel scrutait les rues de Paris par la fenêtre de la calèche. Après avoir quitté la place Sainte-Geneviève, la voiture avait rejoint la rue de Vaugirard et longeait maintenant le parc du Luxembourg. Cet immense jardin de plusieurs hectares installé en plein Paris, au début du dix-septième siècle, abritait désormais une Pépinière impériale, fondée deux ans plus tôt par Napoléon, autre havre de verdure dans lequel Gabriel allait parfois se promener quand il en avait le loisir. Y avait-il un rapport entre cette pépinière et la destination de leur course de ce jour ? se demanda-t-il. Mais il n'eut pas le temps de pousser plus avant son questionnement car déjà la voiture avait dépassé le parc. Sur sa droite, Gabriel vit alors surgir la sinistre prison des Carmes, celle-là même où des centaines de prisonniers avaient attendu la mort pendant la Terreur[7]. Certains n'avaient été

---

7. Période de la Révolution française (été 1793 – été 1794) au cours de laquelle 500 000 personnes furent emprisonnées et 100 000 exécutées. Le pouvoir était alors détenu par Maximilien Robespierre.

sauvés *in extremis* que par le renversement de l'épouvantable Robespierre, en juillet 1794. Gabriel croyait se souvenir qu'un membre de la famille impériale avait ainsi échappé de très peu au couperet de la guillotine. Mais duquel s'agissait-il ?

Un peu plus tard, la voiture remonta l'avenue des Champs-Élysées pour arriver bientôt au niveau de la place de l'Étoile. Cela faisait longtemps que Gabriel n'était pas passé dans ce quartier et il ne reconnut plus rien. Il faut dire que, comme Baptiste le lui expliqua, d'importants travaux y avaient débuté trois mois plus tôt. Gabriel en aurait-il oublié la raison ? s'enquit alors son parrain. Mais non, bien sûr, s'exclama alors le garçon en se frappant le front. Il s'agissait des fondations d'un édifice commandé par l'Empereur pour célébrer la bataille d'Austerlitz. Son parrain lui rapporta alors les paroles que l'Empereur avait adressées à ses soldats le soir de cette brillante victoire : « Vous ne rentrerez dans vos foyers que sous des arcs de Triomphe »... Gabriel se souvenait-il de la date de cette fameuse bataille ? Oui, quand même ! rétorqua le garçon en bougonnant. Austerlitz avait eu lieu un an plus tôt, jour pour jour. Le jour de son anniversaire. Autant dire une date impossible à oublier.

Pendant ce temps, le cocher poursuivait sa route sans ralentir. Il avait désormais atteint le bois de Boulogne. Et voilà qu'ils s'approchaient de l'autre boucle de la Seine. Allaient-ils franchir le fleuve à nouveau ? C'est bien ce qu'ils firent en effet.

— Tu sais bien sûr le nom du village qui se trouve sur notre gauche ? l'interrogea bientôt Baptiste.

Après un bref temps de réflexion, le garçon décida qu'il devait s'agir de Saint-Cloud, là où se trouvait la résidence préférée de l'Empereur. Là où siégeaient désormais la plupart de ses conseils. Baptiste opina du chef, avec satisfaction, sans rien ajouter.

Ils poursuivirent un long moment sur la route de Saint-Germain et atteignirent bientôt un bourg appelé Rueil. De mémoire, jamais de sa vie Gabriel ne s'était autant éloigné de Paris dans cette direction. Après avoir parcouru encore plusieurs lieues très boisées, la voiture s'engagea dans une grande allée gravillonnée et rectiligne qui s'étendait sur plusieurs centaines de mètres. Celle-ci les conduisit jusqu'à un petit château en pierre à deux étages, recouvert d'ardoise et flanqué de part et d'autre de deux ailes. Le fronton décoré d'un aigle était surmonté de deux hallebardes croisées.

La voiture s'immobilisa soudain au milieu de la cour d'honneur et un domestique en livrée s'approcha. Abasourdi, Gabriel se tourna vers Baptiste :

— Parrain, je ne peux pas y croire ! Se pourrait-il que nous soyons... ???

— Eh oui, mon Gab... au château de Malmaison !

Le garçon en resta muet de stupéfaction, les yeux et la bouche arrondis par la surprise.

— Ah, ciel, je ne te l'ai jamais dit ? reprit Baptiste dans un murmure. Sa Majesté l'impératrice Joséphine me fait depuis près de quinze ans le grand honneur de son amitié.

— Je savais que tu la connaissais, mais tu ne m'avais jamais dit que vous étiez amis !

— C'est vrai ? Incroyable que j'ai pu oublier une chose pareille, rétorqua Baptiste sur un ton malicieux.

Sur l'invitation du majordome venu à leur rencontre, ils pénétrèrent à l'intérieur de la verrière. Plusieurs domestiques y formaient une sorte de haie d'accueil.

Un vacarme sidérant provenait de l'intérieur du château. Des cris, des chants, des trilles, des piaillements. Tout un tumulte invraisemblable, comme si on s'était trouvé à proximité d'une ménagerie ! Baptiste prit Gabriel par le coude et l'entraîna avec lui. Ils pénétrèrent alors dans une vaste entrée, plantée de quatre colonnes en marbre, et ressemblant à s'y méprendre à l'atrium[8] d'une villa romaine de l'Antiquité. Là se trouvaient disposées une dizaine d'immenses volières. Toutes étaient emplies d'oiseaux exotiques tels que Gabriel n'en avait jamais vu, sauf sur les gravures du Muséum. Des perroquets, des colibris, des perruches, des inséparables... en nombre incalculable. Des oiseaux de toutes les tailles et de toutes les couleurs qui volaient en tous sens et criaient à vous casser la tête, faisant un raffut de tous les diables. Éberlué, le lycéen se tourna vers son parrain qui lui adressa un nouveau clin d'œil malicieux, tout en lui chuchotant à l'oreille :

— L'Impératrice adore entendre ces cris d'oiseaux qui lui rappellent les forêts tropicales de son enfance.

— De quelles forêts tropicales, parles-tu donc, parrain ?

— Eh bien, de celles de la Martinique, voyons ! Tu ne savais pas que l'Impératrice est née aux Antilles ?

8. Pièce centrale de la maison romaine antique, ouverte aux hôtes et aux visiteurs.

Gabriel n'eut pas le temps de répondre car ils avaient déjà atteint le fond du vestibule. Sur la droite, ils découvrirent une grande salle au centre de laquelle trônait une vaste table de billard. Autour d'elle, plusieurs personnes, équipées de queues, jouaient à tour de rôle ; des hommes mais aussi des femmes. À son parrain qui s'enquérait de Sa Majesté, il fut répondu que celle-ci jouait de la harpe dans son salon de musique. Baptiste remercia et se dirigea vers la pièce suivante. Après avoir traversé un premier salon richement décoré – le salon Doré, lui glissa Baptiste – ils atteignirent enfin une vaste galerie, sur les murs de laquelle étaient accrochés un nombre incalculable de tableaux. Une dizaine de spectatrices y étaient assises et écoutaient une jeune femme jouant du piano-forte[9]. La pianiste avait le teint clair, avec un chignon de cheveux bruns qui retombaient en boucles le long de ses oreilles. Une très jolie femme, âgée d'une vingtaine d'années environ.

— Hortense, la fille de Joséphine, lui glissa Baptiste dans le creux de l'oreille. Hortense a épousé Louis Bonaparte, l'un des frères cadets

---

9. Ancêtre du piano actuel.

de Napoléon. Ce qui fait d'elle la belle-sœur de l'Empereur, tout en étant aussi sa fille adoptive. Depuis cette année, elle est également reine de Hollande.

Hortense de Beauharnais ! Mais oui, bien sûr, la fille que Joséphine avait eue de son premier mari, Alexandre de Beauharnais. Celui-ci avait été incarcéré à la prison des Carmes pendant la Terreur, puis guillotiné. Emprisonnée avec lui, Joséphine n'avait échappé au même sort que d'extrême justesse.

Pendant qu'Hortense continuait d'interpréter sa sonate, Gabriel commença à observer à la dérobée la dizaine de femmes installées devant lui. Soudain, son regard s'arrêta sur une dame brune, somptueusement vêtue et qui lui tournait le dos. Elle était assise à côté d'une harpe, sur laquelle sa main droite était nonchalamment posée. Et sur son bras, chose incroyable, était perché un petit perroquet à la crête noire et au plumage rouge et vert. Parfaitement immobile et silencieux, dodelinant légèrement de la tête, l'oiseau semblait autant absorbé par la musique que la femme dont le bras lui servait de domicile.

À cet instant, la reine Hortense plaqua les dernières notes de sa partition et toute l'assemblée applaudit avec enthousiasme. La femme au perroquet se leva et se dirigea vers la pianiste, qu'elle prit dans ses bras avec affection. Les deux femmes s'embrassèrent longuement et avec tendresse. Un spectacle charmant qui confirma Gabriel dans son intuition : il s'agissait bien de Joséphine !

Mais déjà, celle-ci se retournait vers l'assemblée et Gabriel put enfin la voir de face. Cet instant, il n'était pas près de l'oublier. Le visage de l'Impératrice, à la peau satinée et éblouissante de fraîcheur, était éclairé par des yeux pétillants de bonté, tandis que sa bouche très petite et à peine entrouverte en un sourire gracieux ressemblait à un fruit rouge bien mûr. Quant à ses cheveux, d'une superbe couleur acajou, ils étaient tressés en une coiffure savante dans laquelle on avait glissé une infinité de perles, assorties au collier qu'elle portait autour du cou. Elle était d'une beauté radieuse. Ce soir-là, l'Impératrice avait revêtu une somptueuse robe de soie blanche à manches longues, décorée de broderies de fil d'argent, mais aussi de paillettes formant d'adorables fleurettes et de strass sur lesquels la lumière venait se refléter de manière étonnante. Gabriel n'avait jamais rien vu d'aussi beau. Quand Joséphine commença à marcher, le garçon remarqua qu'elle portait aux pieds d'adorables brodequins en soie de la même couleur et du même motif que sa robe. Cette femme était d'une élégance et d'une distinction inouïes.

Joséphine échangeait quelques mots avec les femmes qui l'entouraient quand soudain elle aperçut Baptiste. Aussitôt son visage s'éclaira et elle se dirigea vers lui. Il y avait quelque chose d'aérien dans sa démarche, comme si, à l'image de l'oiseau qu'elle portait toujours sur l'épaule, elle allait s'envoler d'un instant à l'autre. Baptiste lui fit une révérence et baisa délicatement la main qu'elle lui tendait.

— Mon cher Baptiste, quelle joie que vous ayez pu vous joindre à nous ce soir ! Cette fête eût été imparfaite sans vous, lui déclara Joséphine d'une voix à la fois douce et chantante.

Sans doute l'accent créole de son île lointaine, supposa Gabriel.

— Ah, Madame ! Comment aurais-je pu décliner votre adorable invitation ? répondit Baptiste. D'ailleurs, comme je vous l'avais promis, j'ai amené avec moi mon filleul, Gabriel Boisseau, qui fête ce soir ses quinze ans.

— Quelle merveilleuse coïncidence ! s'exclama alors Joséphine avec un petit rire joyeux.

Toujours posé sur son épaule, le perroquet l'accompagna en lançant un joyeux trille. Baptiste attendit que l'oiseau se taise pour répondre :

— J'en conviens avec vous, Madame. Mais figurez-vous que je n'ai encore rien expliqué à Gabriel. Je voulais vous laisser ce soin. Autant dire que le malheureux trépigne d'impatience depuis une heure déjà !

Ça, pour trépigner, Gabriel trépignait. Il avait suivi cet échange avec une stupéfaction croissante, absolument ahuri et subjugué par l'intimité qui paraissait régner entre son parrain et l'Impératrice. Celle-ci se tourna alors vers le lycéen et planta ses yeux dans les siens. Des yeux d'un bleu foncé, couleur ardoise, à demi fermés par de longues paupières ourlées de cils si épais qu'ils lui faisaient un regard de velours.

— Bonsoir, Gabriel, soyez le bienvenu à la Malmaison, murmura-t-elle.

Gabriel sentit un frisson lui parcourir l'échine.

— Gabrrrrrielllll ! Gabrrrrrielllll ! répéta alors le perroquet d'une voix si étonnamment humaine qu'elle fit sursauter le garçon.

Mais déjà l'Impératrice continuait :

—Vous ne pouvez imaginer l'immense affection

que votre parrain m'inspire. Il faut dire que nous partageons la même passion pour les fleurs et les plantes. Baptiste est l'un des plus grands savants de notre époque, et son amitié est une de mes grandes fiertés.

— Ah, Madame ! l'interrompit Baptiste avec ardeur, vous oubliez de préciser que vos connaissances en botanique font l'admiration de tous les scientifiques de notre temps et qu'ils ne disposent pas de plus grande amie et de meilleure protectrice que vous !

Joséphine rougit de plaisir à ce compliment et serra la main de Baptiste avec effusion.

— Ah, quel irremplaçable galant vous faites, mon ami !

Puis se tournant de nouveau vers Gabriel, l'Impératrice lui adressa un sourire si charmant et enjôleur que le garçon sentit son visage s'empourprer. Le cœur fondant d'émotion, le garçon tenta de se concentrer sur les propos de Joséphine. Celle-ci entreprit de lui expliquer à quel point la date du 2 décembre était chère à son cœur. D'abord parce qu'elle lui rappelait la fabuleuse victoire remportée par son cher époux à Austerlitz, un an plutôt. Mais plus encore le sacre de celui-ci, survenu il y a deux ans. Et voilà qu'elle apprenait qu'il s'agissait aussi de l'anniversaire du filleul de son cher Baptiste ! Son tendre Bonaparte n'était pas au courant de la réception improvisée ce soir par son épouse. Autant dire que dès que le cher homme allait arriver, la surprise serait magnifique !

Gabriel buvait les paroles de Joséphine en la dévorant des yeux. Jamais, au grand jamais, il n'aurait pu imaginer pareille aubaine : fêter son quinzième anniversaire en compagnie du couple impérial ! Il essaya d'imaginer la tête de Gaspard quand il allait lui raconter tout ça.

Chapitre 8
Dans l'intimité de l'Impératrice

(**Le mardi 2 décembre 1806, plus tard dans la soirée**)

Baptiste avait fini par s'éloigner de Joséphine afin de la laisser accueillir ses autres invités. Il y avait toujours autant de bruit dans le vestibule, mais nul ne paraissait y prendre garde. Docilement, Gabriel suivait son parrain qui passait d'un groupe à l'autre, saluant les uns, intervenant dans la conversation des autres, sans jamais oublier de présenter son filleul à chacun et à chacune. Le garçon saluait poliment en s'inclinant. Tous s'exclamaient d'admiration devant la tenue de Gabriel. À croire que ces gens n'avaient jamais vu un lycéen en uniforme !

Après avoir observé pendant quelque temps

la disposition et la décoration du château, Gabriel commença à s'ennuyer un peu. Il remarqua alors un groupe de trois dames fort élégantes qui bavardaient entre elles, dans un coin de la salle à manger. Toutes trois très brunes, les yeux sombres et le regard fier. Elles étaient somptueusement vêtues, presqu'aussi magnifiquement que l'Impératrice, remarqua Gabriel, même si aucune d'elles ne pouvait rivaliser avec le charme, la beauté et l'élégance de Joséphine. Leur fort accent disait que ces trois-là étaient sans doute originaires du Sud.

— Avez-vous vu la robe de cérémonie que la vieille a enfilée ce soir ? demandait l'une.

— Et cette sale bestiole qu'elle porte encore sur la poitrine ! Un de ces jours, ce satané animal va lui fienter dessus. Et ce sera bien fait ! rétorquait la seconde.

— Oui, absolument ridicule ! À son âge, elle devrait arrêter de se donner en spectacle, sifflait la troisième.

Gabriel en resta muet de surprise. Se pouvait-il que ces femmes parlent ainsi de Joséphine ? Qui étaient-elles donc pour oser évoquer l'Impératrice en des termes si insolents et grossiers ? Les trois femmes tournaient le dos au garçon et ne l'avaient donc pas remarqué. Gabriel en profita pour se rapprocher d'elles afin de mieux écouter leur conversation.

— Élisa, sais-tu à quelle heure est annoncé notre frère ? Cette petite soirée d'anniversaire ne présente aucun intérêt s'il ne vient pas nous rejoindre.

— Aucune idée, répondit ladite Élisa.

— Que cette Créole m'agace, à se pavaner de la sorte, couverte de diamants et de perles ! Au lieu de jouer les coquettes et les mijaurées, elle ferait mieux de se consacrer à donner un fils à son époux.

— Bah, tu sais bien qu'elle est trop vieille désormais !

— Tu as raison. D'ailleurs, je suis convaincue que Napoléon ne la supporte plus, décréta la première.

— Croyez-vous qu'il va finir par se débarrasser d'elle ? demanda Élisa.

— N'aie aucun doute à ce sujet ! C'est juste une question de temps avant qu'il répudie cette vieille peau et qu'il épouse enfin une princesse digne de lui et de son rang, affirma la troisième en ricanant de plaisir.

Gabriel était effaré par tout ce qu'il venait

d'entendre. Le garçon avait toujours entendu dire que Napoléon était amoureux fou de sa femme. Baptiste, qui venait de le rejoindre, lui glissa alors à l'oreille :

— Je vois que tu as remarqué les trois sœurs de notre Empereur. Celle de gauche, c'est Élisa, princesse de Lucques ; au milieu, il y a Pauline, princesse Borghèse ; et sur la droite, voici Caroline, grande-duchesse de Berg. De terribles langues de vipère, jalouses et méchantes. Je t'assure qu'il vaut mieux être leur allié que leur ennemi. Pour ma part, poursuivit-il après un silence, je me méfie d'elles comme de la peste et je les évite autant que je peux. D'ailleurs, sachant l'amitié qui m'unit à leur belle-sœur, elles me détestent. Pardonne-moi donc de ne pas te les présenter !

Ah ça, non ! Gabriel n'avait aucune envie de parler à ces trois sorcières. Il suivit donc docilement son parrain qui retourna vers le vestibule. Là, adossé à l'une des fenêtres donnant sur le parc, se tenait un homme de petite taille et vêtu d'une soutane. Tout en rondeurs, ce prêtre âgé d'une soixantaine d'années environ sourit gaiement à Gabriel quand Baptiste s'approcha de lui.

— Gabriel, je te présente le père Trémoulet. Figure-toi que vous êtes voisins puisque le père vient d'être nommé curé de l'église Sainte-Geneviève[10], qui se trouve juste derrière ton lycée.

— Alors, mon garçon, votre parrain me dit que vous êtes pensionnaire au lycée Napoléon. Quel magnifique bâtiment, n'est-ce pas ? Savez-vous qu'il abritait autrefois une abbaye fondée au sixième siècle par Clovis, le premier des rois mérovingiens ? Dites-moi, vous a-t-on par hasard parlé du passage secret ?

— Un passage secret ? Non... Où se trouve-t-il ?

— Eh bien, on raconte que ce souterrain mènerait directement des caves de votre lycée à la sacristie de mon église. Incroyable, n'est-ce pas ?

— Oui, en effet. Y êtes-vous déjà entré ?

— Non hélas. En fait, pour tout vous dire, je ne l'ai jamais vu ! S'il débouche dans mon église, je n'ai aucune idée de la localisation de son issue, soupira-t-il avec regret.

Gabriel se contenta de sourire poliment. Le père Trémoulet dut sentir que le lycéen n'accordait

---

10. C'est pendant la Révolution française que cette église est renommée Panthéon. En 1806, elle redevient église Sainte-Geneviève et est affectée, par épisodes, au culte catholique. Depuis, elle est redevenue Panthéon et n'a jamais cessé d'être la sépulture des grands hommes.

guère de crédit à ses paroles. Aussi s'empressa-t-il d'ajouter, sur un ton plus professoral :

— Vous n'ignorez pas, mon garçon que Paris est truffé de galeries souterraines. Celles-ci sont souvent inondées au moment des crues de la Seine. Ces catacombes ont d'ailleurs servi de refuge aux chrétiens, à l'époque où ils étaient persécutés par les empereurs romains, il y a des siècles de cela. Pour le souterrain dont je vous parle aujourd'hui, peut-être s'agissait-il d'une construction réalisée par les moines désireux de se ménager une voie de secours, à cette époque où Paris était si souvent menacé d'invasion par les Vikings ou par les Huns, conclut le prêtre d'un ton songeur.

Gabriel fronça le sourcil. Oui, peut-être en effet ? Gaspard, ce féru d'histoire, aurait su mieux que lui répondre à cette question. Le père Trémoulet prit alors un air de conspirateur pour lui chuchoter :

— Dites-moi, mon garçon... Si un jour, vous trouvez ce passage secret, n'oubliez pas de me rendre visite pour m'en informer !

Il était maintenant près de 9 heures, et l'Empereur se faisait toujours attendre. Parmi les invités, l'ambiance devenait de plus en plus fiévreuse et impatiente. Dès qu'on entendait au loin le galop d'un cheval, un bruyant « Chuuuttttt ! ! ! » collectif résonnait dans le vestibule bruissant de rumeurs. Après plusieurs fausses alertes, le cortège impérial s'annonça enfin. Un carrosse reconnaissable aux aigles plaqués sur les portières remonta à vive allure l'allée gravillonnée puis s'arrêta devant le château dans un nuage de poussière. De part et d'autre de la voiture piaffaient huit pur-sang montés par des cavaliers de la garde impériale. C'étaient de rudes gaillards, reconnaissables à leur habillement vert et rouge, enveloppés dans de grands manteaux sombres et coiffés de magnifiques colbacks à haut plumet.

Le majordome se précipita vers le carrosse et s'inclina en ouvrant la portière. Sans lui laisser le temps de déplier le marchepied, Napoléon sauta nerveusement hors de la voiture. Ce soir, l'Empereur était lui aussi revêtu d'un uniforme d'un vert olive très sombre et passepoilé de rouge. En dessous, sur son gilet blanc, apparaissait le ruban rouge de la Légion d'honneur[11].

---

11. Décoration créée en 1802 par Napoléon Bonaparte pour récompenser les personnes ayant rendu de grands services militaires et civils à la nation. Elle existe encore aujourd'hui.

Napoléon allait se diriger vers le hall quand il aperçut la foule qui l'y attendait. Il marqua alors un temps d'arrêt. Mais déjà Joséphine s'approchait de lui :

— Ah mon ami, te voici enfin ! Je commençais à m'inquiéter...

— En effet, ma chère, l'interrompit-il d'une voix contrariée. Peux-tu me dire ce que c'est que cet attroupement ?

— Voyons, Bonaparte, tu n'as pas oublié quel jour nous sommes ? Et ce que nous commémorons aujourd'hui ? Je n'ai réuni que quelques intimes qui avaient à cœur de fêter avec toi cet heureux événement.

— Eh bien, il se trouve que moi, j'ai des dossiers très importants à traiter ce soir même. Je file donc dans mon bureau. Amuse-toi bien avec tes amis ! conclut-il d'un ton sec et sans réplique.

Sur ces paroles, l'Empereur tourna le dos à son épouse, non sans lui avoir au préalable baisé la main. Puis il entra d'un pas martial dans le vestibule où tous s'écartèrent en un clin d'œil pour le laisser passer. Il prit à peine le temps de saluer de la tête quelques visages qu'il reconnaissait. En passant devant les volières, il poussa un soupir exaspéré et s'écria :

— Joséphine, ne pourrais-tu faire taire toute cette volaille ? J'ai une migraine de tous les diables... et les piaillements de tes bestioles me perforent le crâne !

L'Empereur traversa la salle à manger et ouvrit bruyamment la porte de droite. Un instant plus tard, elle se referma en claquant derrière lui. Un silence lourd et empli de gêne retomba alors sur les salles de réception. Dès que Napoléon avait disparu, Baptiste s'était approché de l'Impératrice. Ayant saisi ses mains, il lui murmurait maintenant des paroles de réconfort. Gabriel n'osa s'approcher d'eux, mais il observa que les yeux de Joséphine étaient brillants de larmes. Ce constat lui brisa le cœur. À l'autre bout du vestibule, il remarqua à nouveau les trois sœurs Bonaparte qui hochaient la tête en souriant d'un air entendu.

Pourtant, le trouble de l'Impératrice ne dura que quelques instants et, très vite, arborant de nouveau un visage éclatant, elle interpella ses amis d'une voix pleine de gaîté :

— Que la fête continue, mes amis ! Le souper sera servi dans un instant, hélas sans Sa Majesté impériale qui, comme vous l'aurez compris, n'a pas le temps de festoyer avec nous. Vous savez que le service de l'État passe toujours avant le divertissement. Elle s'interrompit et ferma les yeux un instant. Puis elle reprit, dans un murmure : Quelle chance pour le peuple français d'être gouverné par un tel souverain!

Gabriel n'en revenait pas. Quelle vaillance et quelle grandeur d'âme, vraiment ! Une très grande dame assurément. De celles dont il pressentait qu'il n'en croiserait pas beaucoup au cours de sa vie.

Plus tard, dans la voiture qui les ramenait vers Paris, Gabriel et son parrain demeurèrent silencieux un long moment. La soirée s'était poursuivie dans le plus grand calme. Joséphine avait usé de tout son charme pour rendre progressivement leur insouciance à ses invités. Elle y était parvenue et le souper s'était agréablement déroulé. Si bien que quand était arrivé le gâteau d'anniversaire et qu'elle avait appelé Gabriel pour qu'il en souffle avec elle la bougie, tous avaient presque oublié la sortie orageuse de leur hôte impérial qui, assis à quelques mètres de là, était plongé dans ses dossiers.

Maintenant qu'il y repensait, le garçon sentait monter sa réprobation à l'égard de cet époux si peu respectueux de la bonté et de la tendresse de sa femme, tout Empereur qu'il soit. Une attitude autoritaire et... dictatoriale, remarqua-t-il en son for intérieur, étonné lui-même qu'une telle pensée puisse lui venir à l'esprit. Voilà une soirée qu'il ne se risquerait pas à raconter à son cousin Armand ! Il ne pouvait nier que l'admiration si vive qu'il éprouvait à l'égard de Napoléon en sortait quelque peu ternie.

Au moment où Baptiste et son filleul avaient pris congé, Joséphine avait fait promettre à Gabriel de revenir lui rendre visite.

— Vous pourrez découvrir ma serre chaude, lui avait assuré l'Impératrice, et y admirer mes magnolias, mes lauriers-roses, mais aussi mes caféiers et mille autres plantes que vous n'avez jamais vues. Je voudrais aussi vous présenter quelques animaux extraordinaires que je possède : des zèbres, des singes et surtout des cygnes noirs qui font toute ma fierté.

Gabriel avait promis tout ce qu'on voulait, le cœur brûlant. Alors que le fiacre entrait dans Paris et qu'approchait l'heure de la séparation, Baptiste murmura dans un soupir :

— Ah mon Gab, je vois bien que toi aussi, tu as succombé au charme de notre adorable

Joséphine. Rien que de très normal, figure-toi. Je ne connais pas d'homme qui ne tombe amoureux au premier regard qu'il pose sur elle.

— Quel âge a-t-elle ?

— Le même que moi. Nous sommes nés la même année, en 1763.

Gabriel calcula rapidement que l'Impératrice était âgée de quarante-trois ans. Pourtant, elle était la plus belle femme qu'il ait jamais vue. Et surtout la première qui faisait battre ainsi son cœur.

Chapitre 9
Une déplaisante rencontre

(Dans les rues de Paris, dimanche 14 décembre 1807, le matin)

En entendant sonner 11 heures au clocher de Saint-Étienne-du-Mont, Gabriel accéléra le pas. Et c'est en courant qu'il finit de dévaler la rue de Clovis, celle qui longe le lycée. Allons bon, pour une fois, c'était lui qui allait être en retard, se dit-il, très mécontent à cette idée. C'était à 11 heures en effet, qu'il avait rendez-vous avec Armand pour lui remettre le colis qu'il était allé chercher pour lui trois semaines plus tôt. Il continua de courir jusqu'à ce qu'un violent point de côté lui coupe le souffle et l'oblige à ralentir le pas.

En franchissant les grilles du Jardin des Plantes, Gabriel jeta un coup d'œil en direction de la gloriette. Dedans, il aperçut une silhouette masculine immobile. Le colis plaqué contre le flanc, le souffle court, le garçon reprit sa course, la tête baissée. Il ne releva les yeux qu'en pénétrant dans le kiosque et ne put alors réprimer un cri de surprise. Là, devant lui, ce n'était pas Armand qui l'attendait, mais... l'affreux Jocelin Ramenard ! Celui-ci adossé à la balustrade, un sourire narquois aux lèvres, une cigarette glissée entre deux doigts de sa main droite. Gabriel le détailla de la tête aux pieds. Diable, que ce type était laid, avec son buste corpulent posé sur deux jambes courtes et arquées !

— Bonjour, Gab ! l'interpella Jocelin. Tu as l'air drôlement content de me rencontrer. Ça fait vraiment plaisir à voir !

— Qu'est-ce que tu fais là ? s'écria violemment Gabriel. Et arrête de m'appeler Gab !

— Quel accueil chaleureux ! ricana le jeune homme. Toujours aussi aimable, le petit soldat de plomb de Napoléon !

— Vas-tu te taire et me dire ce que tu fais là ? répéta Gabriel avec colère.

— Ce que je fais là ? Eh bien, figure-toi que je t'attends. Même que tu es en retard !

— C'est avec Armand que j'ai rendez-vous, pas avec toi ! Où est-il ?

Jocelin cessa de ricaner et observa un moment Gabriel avant de répondre.

— Pour sûr, tu ne vas pas me croire. Mais figure-toi que ton cousin est au lit avec de la fièvre. C'est pourquoi il m'a demandé de venir à sa place.

— Ça, c'est sûr que je ne vais pas te croire ! l'interrompit Gabriel, exaspéré. Qu'est-ce que c'est que ces salades ? Armand n'est jamais malade !

— Eh bien, pour l'heure, il l'est.

— Ah oui ? Et tu peux m'expliquer ça ?

— Figure-toi que cet imbécile n'a rien trouvé de plus drôle que de parier avec un autre idiot comme lui qu'il oserait plonger dans la Seine, le soir de la Saint-Nicolas.

— Arrête de traiter Armand d'imbécile ! Et alors ?

— Et alors, il l'a fait.

— Il a fait quoi ?

— Il a plongé dans la Seine, tiens, idiot !

— Et ???

— Eh bien, il a gagné son pari, cet imbécile... mais aussi une forte fièvre ! Mais, ne t'inquiète pas, ses jours ne sont pas en danger. D'ici quelques jours, il n'y paraîtra plus.

— Et tu voudrais me faire avaler cette énormité ? Tu me prends pour un triple idiot, ou quoi ? Je veux voir Armand immédiatement !

— Allons, tu sais aussi bien que moi qu'il est impossible de te faire entrer dans l'infirmerie de l'École de médecine. Bon, maintenant, ça suffit ! Je suis venu jusqu'ici pour récupérer le colis de ton cousin. Alors, tu vas me le donner gentiment, sans faire d'histoire.

— Pas question ! Je ne le remettrai qu'à Armand lui-même !

— Ouh lala ! Mais c'est qu'il monte sur ses grands chevaux, le petit troupier de Bonaparte ! Tu crois que tu me fais peur peut-être ?

Jocelin accompagna ses dernières paroles d'un ricanement mauvais. Puis, il s'approcha de Gabriel et, avant que celui-ci ait le temps de réagir, lui arracha de force le colis des mains.

— Allez, on arrête là les bêtises, morveux ! Retourne donc dans ta caserne pour faire mumuse avec ton fusil en bois ! Je te souhaite bien le bonsoir.

Jocelin dévala les marches quatre à quatre et s'éloigna à grands pas. Fou de rage, Gabriel demeura interdit. Il pensa à lui courir après.

Mais il avait tellement mal au côté droit qu'il ne s'en sentait pas la force.

Il fallut longtemps à Gabriel pour digérer la fureur qui le faisait suffoquer. Bien sûr, toute cette histoire de bain dans la Seine n'était qu'un énorme mensonge, Gabriel n'en doutait pas un seul instant. Mais pourquoi ?

Quand il rentra au lycée et qu'il raconta ses déboires à son ami Gaspard, les deux garçons tournèrent et retournèrent la question pendant des heures. Et même Gaspard, qui d'habitude avait réponse à tout, ne réussit pas à trouver ne serait-ce qu'un début d'explication convaincante. Désespérant de distraire son ami, il finit par lui proposer une partie de piquet, un jeu de cartes très à la mode et auquel les deux garçons adoraient jouer en général. D'abord réticent, Gabriel finit par se laisser emporter par le jeu.

Les deux garçons jouaient déjà depuis une bonne demi-heure quand Gabriel, avec un cri de triomphe, posa sur la table un quatorze[12] de rois. Une chose étrange se produisit alors.

---

12. Expression du jeu de piquet qui désigne un ensemble de quatre cartes identiques (dans ce cas : quatre rois).

Gaspard se mit à regarder fixement les quatre rois posés sur la table et murmura :

— Des rois, des rois...

Puis il se tut et demeura bouche bée, les yeux écarquillés. Après une longue minute de silence, Gabriel qui commençait à s'inquiéter, finit par lui souffler :

— Bon, ben, c'est juste un quatorze de rois. Pas de quoi te mettre dans un état pareil !

— Un roi...

— Non, quatre rois !

— Un roi, reprit Gaspard d'une voix blanche. C'était un complot royaliste !

— Mais de quoi tu parles à la fin ?

—Ton Boucheseiche...

— Quoi, mon Boucheseiche ?

— Je me souviens maintenant où j'en ai entendu parler.

— Ah bon ?

— Oui. C'était en 1802 ! En 1802, ce gars a été impliqué dans une conspiration royaliste contre l'Empereur. Il a même été emprisonné. Et puis, il y a deux ans, il a bénéficié de l'amnistie offerte aux royalistes à l'occasion de la proclamation de l'Empire.

Gabriel avait écouté sans mot dire. Stupéfait

une fois encore par la culture et la mémoire époustouflante de son ami. Il suffisait à Gaspard de lire une information dans un journal pour la mémoriser. Gabriel prit lentement conscience de ce que Gaspard venait de lui apprendre. Il sentit alors son sang se glacer peu à peu. Car si Armand fréquentait des individus au passé aussi louche, c'est sans doute parce qu'il avait mis son nez dans une sale affaire.

Chapitre 10
Une soirée à l'Opéra

(Le vendredi 9 janvier 1807 dans la soirée)
— Quel veinard tu fais quand j'y pense ! Jamais vu un truc pareil de toute ma vie ! soupira Gaspard en nouant avec soin une lavallière de soie bleue autour du cou de Gabriel.

Celui-ci laissait faire son ami, se contentant de lui adresser un sourire contrit. C'était bien vrai qu'il avait une chance folle, il n'en revenait pas lui-même. Vis à vis de Gaspard, il en était même gêné. Après avoir, un mois plus tôt, passé une soirée entière chez l'Impératrice, voilà que Gabriel s'apprêtait pour une nouvelle sortie mondaine. Ce soir, ses parents l'emmenaient à l'Opéra. Et pas pour n'importe quel spectacle. Pour une représentation de *La Vestale*, un opéra de Spontini qui remportait un succès fou auprès du Tout-Paris. Cette soirée remplissait Gabriel de joie. Depuis qu'il était tout petit, il adorait l'opéra. Un goût qu'il avait hérité de sa grand-mère, chanteuse lyrique très réputée au siècle dernier. De plus, ce soir-là, le ministre Fouché avait invité la famille Boisseau dans sa loge personnelle. Gabriel serait donc admirablement placé pour assister à ce spectacle unique. Même si la compagnie du ministre ne le réjouissait guère.

— Non, mais vraiment, tu y crois, toi ? Moi, depuis trois mois, je passe toutes mes soirées dans cette piaule. Et toi, tu voles de mondanité en mondanité. Il n'y a pas de justice en ce bas monde ! ajouta encore Gaspard, en poussant un soupir à fendre l'âme.

Gabriel lança un regard inquiet à son ami. Celui-ci lui répondit par un éclat de rire.

— Non mais, Gab, tu as vraiment cru que j'étais jaloux ? Allons, si tu savais comme je suis content pour toi ! dit-il en lui tirant la langue et en ponctuant ses propos d'une bourrade affectueuse. Et puis, je sais que, ce soir, tu seras mes yeux et mes oreilles. Alors, tu vois, ce n'est pas bien grave ! conclut le rouquin avec un sourire courageux.

Une soirée à l'Opéra

Gabriel se tourna vers son ami et avant que celui-ci ait pu réagir, il le prit entre ses bras et le serra contre son cœur. L'autre se débattit un peu, mais juste pour la forme. Voilà pourquoi Gaspard lui était tellement cher. Parce que son cœur était si généreux et désintéressé qu'il était incapable de la moindre jalousie. Le soir du 2 décembre, quand Gabriel était rentré de la Malmaison, et au cours des jours qui avaient suivi, les deux garçons avaient longuement évoqué cette soirée inoubliable. Gaspard posant mille questions, avançant mille suppositions, mais à aucun moment, dans ses paroles ou dans le ton de sa voix, Gabriel n'avait perçu la moindre rancœur.

Il était presque 6 heures du soir, et ses parents n'allaient pas tarder à venir le chercher. Gabriel acheva rapidement de s'habiller. Exceptionnellement, son père avait obtenu pour son fils l'autorisation de renoncer à son uniforme réglementaire, au profit d'un habit à la française [13] qu'on lui avait livré dans l'après-midi.

— Mazette, tu es vraiment magnifique ! Un vrai prince de conte de fées, s'exclama Gaspard,

---

13. Tenue de soirée composée notamment d'une veste assez longue et cintrée à la taille.

en le détaillant de la tête aux pieds. Allez sauve-toi maintenant et salue bien ton ministre pour moi ! Et surtout n'oublie pas : mes yeux et mes oreilles ! rappela-t-il à Gabriel, en le poussant dans le couloir.

Moins d'une heure plus tard, Gabriel franchissait le seuil de l'Opéra, situé rue de la Loi. Tandis que ses parents se frayaient un chemin au milieu de la cohue, le garçon s'immobilisa sur le seuil, muet de stupeur. Jamais il n'avait vu tant de lumière. Tant de chandeliers en or. Tant de lustres au cristal étincelant. Tant de marbre noir et blanc sur le sol. Tant de tentures en velours écarlate et précieux. Tout était magnifique. Enfin presqu'aussi magnifique qu'à Malmaison, soupira-t-il avec nostalgie. Ah ça oui, une fois encore, il aurait bien des choses à raconter à Gaspard !

Cherchant du regard ses parents, Gabriel finit par repérer son père en pleine conversation avec un homme maigre, au corps trop long et aux épaules trop étroites. Un homme vêtu d'une redingote vert olive. Le ministre de la Police, Joseph Fouché, dont M. Boisseau était le principal bras droit et le confident. À vrai dire, le garçon serait bien demeuré à l'écart de cet inquiétant personnage. Mais déjà son père l'appelait à

Une soirée à l'Opéra

grand renfort de gestes. Dès qu'il se fut rapproché, il lui gronda à l'oreille :

— Allons Gabriel, encore à rêvasser dans ton coin ! Dépêche-toi de présenter tes respects à Son Excellence Monsieur le Ministre. N'oublie pas de le remercier pour son invitation à partager sa loge ce soir. Ainsi que pour le traitement de faveur qu'il a obtenu pour toi à l'internat.

Docilement, Gabriel s'inclina devant Fouché et bredouilla quelques paroles de remerciement. Pendant que le garçon lui parlait, le ministre le fixait de son regard froid. Il avait des yeux très étranges, à demi dissimulés sous des paupières rouges et tombantes qui lui valaient d'ailleurs le surnom de « perdrix rouge ». Quand Gabriel eut terminé son petit laïus, l'homme finit par tourner la tête sans avoir prononcé un mot. L'adolescent frissonna.

Un peu plus loin, les exclamations des spectateurs devenaient de plus en plus bruyantes. Gabriel tendit l'oreille. Il finit par saisir quelques mots d'une rumeur qui se répandait : l'Empereur et son épouse étaient attendus à l'Opéra, d'un instant à l'autre ! Pensez donc, le grand Spontini n'avait-il pas dédié son œuvre à l'impératrice Joséphine elle-même ? Oui mais le couple impérial avait déjà assisté à la première du spectacle, trois semaines plus tôt. Alors, même si on disait l'Empereur fou de la musique de Spontini, il paraissait quand même peu probable qu'il y revienne ce soir...

Le cœur de Gabriel s'emballa en entendant cette nouvelle. Il allait donc revoir l'Empereur, et surtout... l'Impératrice ?! Au souvenir de la douce et adorable Joséphine dont le charme l'avait tant séduit l'autre soir, il se sentit rougir. Pendant ce temps, la fébrilité des spectateurs montait de minute en minute. Dès qu'un huissier ouvrait grande la porte donnant sur la rue de la Loi, tous les regards se tournaient dans cette direction, espérant voir apparaître le couple impérial. Soudain résonna la sonnette d'appel. Elle fut accueillie par un immense soupir de dépit qui vint mourir sous les lustres. Pressés par les huissiers, les spectateurs furent contraints de se diriger rapidement vers le parterre et les balcons.

Quelques instants plus tard, les Boisseau étaient installés dans la confortable loge du ministre de la Police. Les adultes s'étaient assis à l'avant, et le garçon juste derrière eux. L'orchestre entonna bientôt les premiers accords du prologue, tandis que le rideau s'ouvrait sur un décor de la Rome antique. Gabriel ouvrit grand ses yeux et ses oreilles et oublia tout le reste.

Chapitre 11
Témoin d'un attentat

(Le même soir, un peu plus tard)
À la fin du premier acte, alors que les spectateurs, fous d'enthousiasme, s'étaient levés pour acclamer les chanteurs, Gabriel s'éclipsa pour assouvir une envie pressante. L'opéra comportait encore deux actes, c'est-à-dire près de deux heures de spectacle. Impossible d'attendre aussi longtemps...

Quelques minutes plus tard, il sortait des commodités[14] situées à l'extrémité de la coursive quand montèrent les premières notes du deuxième acte. Zut, il allait manquer le début ! Il commença à courir dans les couloirs afin de

---

14. Les WC.

rejoindre sa loge au plus vite. C'est alors qu'il entendit résonner dans l'étroite rue de la Loi le vacarme de chevaux lancés au galop. Tiens, des retardataires ? Quel toupet d'arriver si tard, au début du deuxième acte ! L'équipage s'arrêta net devant l'Opéra. Au même instant, une incroyable agitation s'empara de tout le personnel situé au rez-de-chaussée. Ces retardataires étaient des gens peu respectueux des convenances, mais sans doute aussi des personnes de qualité ! Sa curiosité fit oublier à Gabriel combien il était pressé. Il s'approcha de l'escalier et se pencha au-dessus de la rampe.

Entrèrent d'abord dans le vestibule huit gaillards bâtis comme des armoires à glace. Le garçon reconnut immédiatement leur uniforme vert et rouge et leurs colbacks à haut plumet, puis il vit surgir derrière eux un homme coiffé d'un bicorne. Entouré de sa garde, l'Empereur se dirigea d'un pas rapide vers le grand escalier. Un peu en arrière marchait l'Impératrice, à laquelle son époux n'adressait pas même un regard, et qui peinait à suivre le rythme frénétique de celui-ci. Elle était vêtue d'une longue robe de soie blanche brodée d'or, à la mode antique, et enveloppée d'une magnifique étole de cachemire dans les mêmes tons. Ce soir encore, sa chevelure était tressée en une construction très complexe, mêlant camées et boutons de rose blanche. Gabriel rougit en la découvrant si belle et séduisante, aujourd'hui encore. Il était heureux que personne ne soit témoin de son émoi. Incroyable comme Joséphine ressemblait à Julia la Vestale, prêtresse héroïne de la tragédie qui était en train de se jouer dans la grande salle !

Mais l'Empereur commençait à gravir les marches de l'escalier de la même allure martiale. Encore une minute et il allait surprendre Gabriel ! Le garçon jeta un rapide coup d'œil autour de lui et se précipita vers un rideau écarlate derrière lequel il se dissimula in extremis. Deux secondes plus tard, le cortège impérial le frôla sans le voir.

L'Empereur et sa suite se dirigeaient maintenant vers la loge impériale. Et voici que soudain, au passage du cortège, une porte dérobée s'ouvrit avec fracas. Deux hommes embusqués, cagoulés de noir et vêtus de vareuses en toile grossière, surgirent. On aurait dit des diables jaillissant d'une boîte. Ils tenaient, dans leurs poings solidement serrés, des poignards à la lame affûtée. L'Impératrice étouffa un cri. Cette éruption ne sembla pas prendre au dépourvu les huit officiers qui entouraient l'Empereur. Arrachant leur épée du fourreau, certains formèrent une haie protectrice devant Napoléon tandis que d'autres encerclaient les bandits.

Terrorisé, Gabriel observait la scène sans oser respirer. Elle ne dura d'ailleurs que quelques brefs instants. L'un des hommes cagoulés eut à peine le temps de s'écrier : « Maudit dictateur, ta dernière heure est arrivée ! » Lui et son complice furent violemment frappés à la tête par les officiers venus à la rescousse. L'instant d'après, les deux conspirateurs gisaient à terre, inanimés. Les hommes de l'Empereur se regardèrent et échangèrent un regard satisfait. L'un des officiers sortit des cordes et, en un éclair, ligota les deux gaillards. Ceux-ci furent ensuite bâillonnés et coiffés de cagoules, avant d'être enveloppés dans d'immenses capes noires.

Pendant les quelques minutes qu'avait duré cet affrontement, Napoléon était demeuré figé et muet, les mains croisées derrière le dos. Quand les officiers furent prêts à emmener les prisonniers, l'Empereur se contenta de leur accorder un hochement de tête. Quatre d'entre eux partirent alors, en emportant leurs ballots. Quelques minutes plus tard, on entendit dans la rue claquer les portières d'une voiture qui repartit au triple galop.

Napoléon demeura immobile encore quelques instants. Soudain, il se redressa et, pour la première fois depuis son arrivée, parut se rappeler la présence de son épouse. À quelques pas derrière lui, la pauvre Joséphine, livide, tremblait comme une feuille. Elle semblait avoir bien du mal à retenir ses larmes. Napoléon se tourna vers elle et lui saisit la main comme pour la rassurer. L'Impératrice s'exclama, d'une voix pleine de sanglots :

— Ah, Bonaparte, mon ami ! Encore un attentat ! Qui en veut encore à ta vie ?

— Allons, allons, ma chère ! Tu n'as aucune raison de t'inquiéter, je contrôle parfaitement la situation. Et surtout, ajouta-t-il d'un ton plus ferme et autoritaire, pas un mot de cette affaire à quiconque ! Je t'interdis le moindre bavardage !

Tandis que Joséphine baissait la tête, soumise, l'Empereur la prit par le bras et, suivi de son escorte, rejoignit sa loge à pas rapides. Dès que le couple impérial y pénétra, la foule se leva comme un seul homme et un vacarme d'acclamations retentit.

Gabriel mit quelques instants à se remettre de sa surprise. Il sortit d'un bond de sa cachette et se rua à son tour vers la loge de Fouché. L'entrée de l'Empereur avait créé une telle diversion que personne ne sembla remarquer son retour. L'orchestre avait interrompu la musique de Spontini pour entamer le *Vivat imperator*, le fameux air spécialement conçu pour le sacre deux ans plus tôt. « Vive l'Empereur ! » hurlait la foule. Bientôt, le couple prit place. La clameur s'estompa puis se tut rapidement. En s'asseyant, l'Empereur avait donné le signal qu'il était temps désormais de se consacrer tout entier à la musique.

Ce fut vers la fin du troisième acte, au moment où la prêtresse Julia descend les escaliers de la tombe dans laquelle on va l'enterrer vivante, que Gabriel sentit un frisson glacé parcourir tout son corps. Il venait soudain de se rappeler les étranges paroles de la bohémienne édentée, rencontrée deux mois plus tôt devant les grilles du Jardin des Plantes. N'avait-elle pas dit : « Je vois une prêtresse qui descend dans sa tombe.» Et si cette prêtresse n'était autre que Julia, la Vestale[15] de Spontini ? Un deuxième

---

15. Dans la Rome antique, les Vestales étaient les prêtresses de la déesse Vesta.

frisson parcourut l'échine de Gabriel quand il se souvint de l'autre prédiction de la bohémienne. Elle qui lui avait annoncé qu'il rencontrerait l'Empereur par trois fois. Or, avec la visite imprévue de Napoléon au lycée le jour de la rentrée, puis le dîner à Malmaison et cette soirée à l'Opéra, cela faisait bel et bien trois fois ! Gabriel ferma les yeux pour tenter de se souvenir des autres paroles de la vieille femme.

Chapitre 12
Un mauvais rêve

(Au lycée Napoléon, le jeudi 22 janvier 1807)
La lame du couteau atteignit Napoléon dans le dos, juste au-dessous de son omoplate gauche. Presqu'au niveau du cœur, évalua Gabriel. Sous la violence du coup, l'Empereur poussa un hurlement de douleur et trébucha. À grand-peine, il parvint finalement à se redresser et essaya de s'enfuir. Mais il lui fut impossible de courir assez vite pour distancer ses assaillants. Très vite, ceux-ci le rattrapèrent et se jetèrent sur lui avec des cris sauvages.

Gabriel se réveilla en sursaut, le cœur battant et le visage couvert de sueur. Depuis la soirée à l'Opéra deux semaines plus tôt, pas une nuit ne se passait sans qu'il refasse le même cauchemar.

L'Empereur attaqué par des agresseurs masqués, qui se jetaient sur lui et le frappaient à coup de dague. Tout ça sous les yeux impuissants de Gabriel, incapable de lui sauver la vie.

Le garçon se redressa dans son lit afin de reprendre son souffle et retrouver ses esprits. Hagard, il jeta un coup d'œil à sa montre. Cinq heures du matin. Aucun bruit ni dans la cour, ni dans les couloirs. À cette heure-ci, tout le lycée dormait. Gabriel soupira : cette fois encore, il ne s'agissait que d'un mauvais rêve.

Quand les battements de son cœur se furent un peu calmés, il se glissa de nouveau entre les draps et enfouit sa tête sous son oreiller. Bien qu'il sache que, comme les nuits précédentes, il lui serait difficile de retrouver le sommeil. Alors, dans l'attente des premiers roulements de tambour qui ne tarderaient pas, il se remit à penser à sa soirée à l'Opéra.

À peine la dernière note jouée, le couple impérial s'était éclipsé avant que les spectateurs sortent de la salle. De la loge, Gabriel avait observé leur départ avec curiosité. En se penchant ensuite vers son père, il avait surpris celui-ci en plein conciliabule avec Fouché. Tendant l'oreille, le garçon avait réussi à saisir quelques mots du ministre : « Pas un mot sur cette affaire !

Un mauvais rêve

Consigne de l'Empereur. » Hélas, il n'avait pu en entendre davantage. À cet instant, en effet, Antoine Boisseau avait annoncé à son épouse qu'il devait retourner au ministère en compagnie de Son Excellence :

— Prends un fiacre pour raccompagner Gabriel au lycée, Adélaïde ! Puis rentre à la maison, je te rejoindrai plus tard.

Madame Boisseau avait obtempéré sans poser de questions. Si bien que mère et fils s'étaient retrouvés seuls dans la voiture, à échanger leurs impressions musicales sur le spectacle. Et le lycéen était resté sur sa faim, alors qu'il aurait tellement aimé pouvoir évoquer avec son père les incroyables événements de la soirée !

Près de deux semaines après les faits, Gabriel en était toujours au même point. Dès le matin du 10 janvier, il s'était précipité auprès de son ami Gaspard pour lui raconter tous les détails de la soirée. Autant dire que le rouquin, qui lui avait recommandé d'être ses yeux et ses oreilles, ne s'attendait pas à un tel rapport ! Passés les premiers instants de surprise, Gaspard avait réfléchi et s'était efforcé de rassurer Gabriel. Sûr que les journaux allaient parler de cet attentat aujourd'hui, demain au plus tard, avait-il prédit. Gaspard étant lui-même abonné au *Moniteur*, principal quotidien de l'époque, ce serait facile de trouver détails et explications sur l'incident. Mais, malgré une lecture attentive, aucun article ne parut, ni ce jour-là, ni le lendemain, ni aucun des jours suivants. Pas la moindre rumeur non plus sur ce sujet parmi les élèves et les professeurs du lycée. C'était comme s'il ne s'était rien passé ! Rien : aucun attentat, aucune tentative d'assassinat contre l'Empereur ! Plus Gabriel cherchait une explication à ce silence aussi assourdissant qu'insolite, moins il la trouvait. Parfois il avait l'impression que cette histoire était en train de le rendre fou.

Chapitre 13

La surprenante confidence d'un revenant

(Au lycée Napoléon, le même jour)

La rumeur se répandit dans la cour comme une traînée de poudre. C'est pendant le déjeuner que les lycéens avaient entendu l'incroyable nouvelle de son arrivée. Ils étaient en train de terminer leur repas, sous l'œil vigilant de Collard, quand la porte du réfectoire s'était ouverte brutalement. Sur le seuil se tenait le proviseur Wailly qui avait adressé un signe impérieux au surveillant général. Celui-ci était aussitôt descendu de son estrade et l'avait rejoint en toute hâte. Wailly avait longuement murmuré à l'oreille du surveillant, à voix si basse que même les élèves les plus proches de la porte n'avaient rien pu entendre de leur échange.

Un silence absolu régnait dans le réfectoire. Collard semblait interloqué par les mots du proviseur. La stupéfaction de son visage lui donnait un air si idiot que Gabriel avait dû résister à l'envie de rire. Puis le proviseur avait effectué un demi-tour militaire et était sorti en refermant la porte derrière lui.

La tête baissée, Collard avait rejoint lentement sa chaire qu'il avait gravie en silence. Son masque de stupeur avait fini par disparaître pour laisser la place à son rictus habituel, renfrogné et colérique. Un silence de mort planait sur le réfectoire. Après une longue hésitation, le surveillant commença à parler :

— Messieurs, je dois vous faire part d'une nouvelle... importante. (Nouveau temps d'arrêt, son visage témoignant combien cette allocution lui coûtait.) J'ai le... plaisir de vous annoncer la visite de l'un de vos anciens camarades d'internat. Un camarade qui s'est couvert de gloire auprès de notre Empereur sous le soleil d'Austerlitz, l'année dernière. Et qui vient d'être très grièvement blessé pendant la bataille d'Iéna. Pour le remercier de son dévouement et de sa bravoure, notre Empereur vient de le nommer... chevalier de la Légion d'honneur. Profitant de sa convalescence, votre camarade nous gratifie

La surprenante confidence d'un revenant

aujourd'hui de sa présence. Je vous demande de l'accueillir avec... respect et de lui témoigner... votre fierté et votre admiration, ajouta-t-il.

Étrangement, tout dans la physionomie de Collard, et dans le rictus de son visage, démentait le contenu de ses propos. Il semblait éprouver toutes sortes de sentiments, sauf... le respect, la fierté et de l'admiration. Qui donc était ce mystérieux ancien élève, devenu soldat et héros ?

Sur ordre du maître d'étude, les lycéens se levèrent en silence. Comme à l'accoutumée, toujours au rythme du tambour, ils sortirent au pas du réfectoire. C'est alors qu'ils l'aperçurent. Seul, au centre de la cour. Âgé d'environ vingt ans, il avait le bras gauche en écharpe et l'autre appuyé sur une béquille. Il était vêtu de l'uniforme des hussards, pantalons verts et gilet rouge, recouvert par un dolman[16] du même vert et une pelisse écarlate. L'éclat de cette parure magnifique contrastait étonnamment avec l'infirmité de son corps blessé. Sur son côté, on pouvait voir ses armes : un sabre courbe de cavalerie légère et un mousqueton. Les élèves s'efforcèrent de distinguer le visage du nouveau

---

16. Veste militaire fermée par des brandebourgs tissés.

venu, à moitié caché sous un magnifique chacot[17] noir à plumet rouge. Le premier qui le reconnut souffla son nom à son voisin. La rumeur se répandit ainsi rapidement dans les rangs. Et la stupéfaction atteignit vite son comble. Le hussard blessé n'était autre en effet que... Émile Troupier !

Quand Gabriel entendit ce nom, il en eut le souffle coupé. Il en avait très souvent entendu parler... Et pas en bien ! Émile Troupier ! Ce gibier de potence renvoyé du lycée en octobre 1805, après une longue succession d'exactions et de violences commises contre ses camarades et ses professeurs. Émile Troupier, dépouillé de son grade de sergent-major par le proviseur en personne, devant tous les élèves réunis. Émile Troupier avait donc trouvé refuge dans l'armée impériale ? Et il y avait même trouvé la gloire ? Et voilà qu'aujourd'hui il venait narguer ses anciennes victimes. Tandis que celles-ci, en raison de son rang, étaient contraintes de lui accorder un accueil digne d'un prince. Tout cela était absolument incroyable !

À cet instant, Gabriel éprouva presque de la pitié à l'égard du proviseur et même du sinistre

---

17. Bonnet de parade des hussards.

Collard, obligés de renier leur sévérité passée, en même temps qu'un doute affreux envahissait son esprit. Comment Napoléon pouvait-il accepter de tels voyous pour peupler les rangs de sa Grande Armée ? À moins que celle-ci ne soit justement que cela : un ramassis de vauriens ? Et comment inciter les élèves à se montrer respectueux et disciplinés si l'insoumission pouvait si facilement conduire à la gloire ?

Pour l'heure, Gabriel semblait bien être le seul à éprouver une telle répugnance. Tous les garçons entouraient avec empressement le hussard blessé. Caressant furtivement son uniforme, tous quémandaient de lui un geste de reconnaissance. Écœuré par ce spectacle, Gabriel s'éloigna et se mit à la recherche de Gaspard. Après avoir fait trois le tour de la cour, il dut se rendre à l'évidence : son ami semblait avoir disparu. Au contraire, autour de Troupier, le cercle des curieux ne cessait de s'élargir.

Bien décidé à ne pas céder à cette vague d'idolâtrie, Gabriel se dirigea alors vers un banc et se plongea dans la lecture d'un de ses précieux manuels de botanique qu'il conservait toujours dans sa poche. Il était tellement plongé dans sa lecture qu'il ne remarqua pas Gaspard s'approcher de lui. Et sursauta quand celui-ci lui adressa la parole :

— Tu n'aurais pas dû t'enfuir ! C'était vraiment édifiant d'entendre les vantardises de ce crétin !

— Ne me dis pas que tu es resté à l'écouter ?

— Bien sûr que si ! Et je ne le regrette pas car je viens d'en apprendre une bien bonne !

Maussade, Gabriel se contenta de hausser les épaules et poursuivit sa lecture.

— Allez, lève donc les yeux de ton satané bouquin, que je te raconte !

Dans un soupir, Gabriel ferma son livre. Il connaissait assez Gaspard pour savoir que celui-ci ne lâcherait pas prise tant qu'il n'aurait pas raconté son histoire. Il tourna la tête vers lui et grimaça :

— J'espère que ton récit en vaut la chandelle.

— Je crois bien ! Devine ce qui s'est passé hier matin, devant l'église de la Madeleine, juste avant le lever du soleil...

— Comment veux-tu que je devine ?

— Figure-toi qu'une bande de gendarmes de la maréchaussée a arrêté un royaliste.

— Ah oui ?

— Oui. Et devine ce qu'il était en train de faire...

— Arrête avec ça, Gaspard ! Comment veux-tu que je devine ?

— Eh bien, figure-toi que cet imbécile s'apprêtait à étendre un drapeau noir sur la façade de l'église de la Madeleine.

— Un drapeau noir ? Sur l'église de la Madeleine ?

— Oui, un drapeau noir avec une fleur de lys...

— Avec une fleur de lys ?

— Eh oui ! Tu te rappelles quel jour nous étions hier, bien sûr ?

Mais oui, bien sûr que Gabriel s'en souvenait. Comment aurait-il pu l'oublier ? La veille, le 21 janvier, c'était la date anniversaire de la mort de Louis XVI. Louis XVI, ce roi de France guillotiné quatorze ans plus tôt. L'exécution s'était déroulée précisément sur la place de la Concorde, alors dénommée place de la Révolution et située en face de... l'église de la Madeleine !

— Ça alors ? Et tu crois que c'est vrai ?

— Troupier assure qu'il le tient de source sûre. Et je ne vois pas pourquoi il inventerait un truc pareil... Drôle d'affaire, non ?

Drôle d'affaire en effet, reconnut Gabriel, qui se souvint subitement que quelqu'un récemment lui avait parlé de noir. Oui, mais qui ?

Chapitre 14
Une très inquiétante disparition

(Au lycée Napoléon, le dimanche 25 janvier 1807, le matin)

Affamés, les lycéens s'alignèrent en silence le long des tables en bois du réfectoire. Avant de pouvoir s'asseoir et commencer à manger, il leur fallait d'abord attendre que Collard, du haut de son estrade, ait fini de réciter le *bénédicité*[18]. Remercier le Ciel pour l'infect petit déjeuner qui les attendait sur la table, il fallait vraiment le vouloir ! Tous les garçons trépignaient de faim et d'impatience. Pourtant, le visage fendu par son éternel rictus sadique, Collard prit tout son temps avant de les autoriser

---

18. Prière que l'on récitait avant chaque repas.

à s'installer. Bientôt, on n'entendit plus que le cliquetis des cuillers dans les bols, les claquements de langue et les bruits de mastication.

Le repas fut bientôt terminé. Sur ordre de Collard, le silence retomba sur le réfectoire. C'était maintenant l'heure du « Catéchisme impérial ».

— Quels sont nos devoirs envers Napoléon Ier, notre Empereur ? interrogea le surveillant d'un ton sentencieux.

Et les lycéens de lui répondre d'une seule voix :

— Nous lui devons amour, respect et obéissance. Nous lui devons aussi des prières ardentes pour son salut.

— Qu'advient-il de ceux qui manquent à ces devoirs ? reprit Collard.

— Selon l'apôtre saint Paul, dans la mesure où ils résistent à l'ordre voulu par Dieu lui-même, ils subiront la damnation éternelle.

Quel ramassis d'absurdités ! Gabriel avait eu bien du mal à apprendre par cœur toutes ces sornettes. Mais il savait aussi que Collard surveillait très étroitement la qualité de la récitation de chaque élève. Et qu'à la moindre hésitation, il lui en cuirait. Or il n'avait aucune envie de tenter le diable ! Pour l'heure, il avait surtout hâte que ces simagrées se terminent afin de pouvoir se rendre à son rendez-vous. Ce matin en effet, il était particulièrement pressé.

Un peu plus tard, à 10 heures précises, Gabriel franchit les grilles du Jardin des Plantes. Dans sa poche se trouvait le message que lui avait adressé son cousin le lundi précédent.
 « *Cher Gabriel, je dois te voir de toute urgence. Je t'attendrai dimanche prochain à 10 heures, à notre lieu de rendez-vous habituel. Je serai seul. Je compte sur toi. Avec toute ma tendresse. Armand.* »
 Gabriel était inquiet : de quelle urgence s'agissait-il ? Il fallait bien dire qu'avec Armand, depuis quelque temps, tout était sens dessus dessous. Après plus de deux mois de séparation, le lycéen avait mille choses à raconter à son cousin, et surtout mille questions à lui poser !
 Les mains enfoncées dans les poches, le regard fixé sur le sol, plongé dans ses pensées, Gabriel gravit rapidement les allées du labyrinthe et arriva au pied de la gloriette. Là, accoudé à la balustrade, se trouvait une fois encore ce noiraud de Ramenard... Sans qu'il puisse les retenir, des larmes de dépit montèrent aux yeux du garçon.
 De rage, Gabriel s'apprêtait à faire demi-tour

quand Jocelin l'aperçut. Celui-ci quitta précipitamment le kiosque métallique pour rejoindre le lycéen et lui tendit la main.

— Bonjour Gabriel, j'avais peur que tu ne viennes pas !

Gabriel accéléra le pas, le visage fermé et mutique.

— Écoute, reprit l'autre, je te remercie vraiment d'être venu. Je crois que tu ne m'apprécies pas beaucoup, n'est-ce pas ?

À ces mots, Gabriel se tourna brusquement vers Jocelin et s'exclama d'une voix pleine de rancœur :

— Tu veux rire, j'imagine ?! Mais, puisque tu as le culot de me poser la question, eh bien je vais te répondre ! Il serait plus exact de dire que je te déteste ! Et aussi que je n'ai jamais rencontré un personnage aussi grossier que toi et que je souhaite ne plus jamais croiser ton chemin... Maintenant, dégage et laisse-moi partir !

Sur ces mots, Gabriel fit demi-tour et commença à s'éloigner.

— Je t'en prie, Gabriel, ne recommençons pas à nous disputer. Si je suis venu ici aujourd'hui, c'est pour te dire que ton cousin a disparu !

— Disparu ? Encore un de tes mensonges ridicules, j'imagine. Figure-toi que j'ai dans ma poche une lettre qu'il m'a adressée en début de semaine pour me fixer rendez-vous aujourd'hui.

— Alors, sûr que cette lettre, Armand a dû te l'adresser avant de disparaître. Car c'est vrai, il a réellement disparu ! Ça s'est passé dans la nuit de mardi à mercredi ! Tu dois me croire ! Je te jure que c'est la vérité.

En entendant cette dernière phrase, Gabriel se tourna de nouveau vers Jocelin. Celui-ci avait l'air totalement désemparé, les yeux hagards, les cheveux ébouriffés, les bras ballants le long du corps.

— Mais qu'est-ce que cette histoire, encore ? As-tu signalé sa disparition à la police ?

— C'est malheureusement impossible, rétorqua Jocelin, en baissant la tête d'un air gêné.

— Mais qu'est-ce que c'est que cette nouvelle absurdité, bon sang ? s'exclama Gabriel avec agacement. Si ça se trouve, il lui est arrivé malheur. Ou bien il a eu un accident. Ou il est tombé entre les mains de brigands. Il faut alerter au plus tôt la police !

Et déjà, Gabriel tournait les talons pour mettre ses paroles à exécution. Mais Jocelin le retint d'une main ferme.

—Tu ne comprends pas ce que j'essaie de te

dire, Gabriel. En fait, j'ai très peur qu'Armand ait des ennuis extrêmement graves. Des ennuis qui nous empêchent précisément de... faire appel à la police !

Jocelin s'exprimait d'une voix hésitante. Son embarras contrastait incroyablement avec son arrogance habituelle. Le lycéen fut soudain submergé par une vague de rage froide.

— Vas-tu m'avouer à la fin ce que signifient tous ces mystères ? Tu es donc si couard que tu es incapable de venir en aide à Armand ? Bravo pour le courage !

Et voyant que l'autre ne répondait pas à la provocation, Gabriel décida de lui river son clou.

— Ah ça, j'avais bien raison de ne voir en toi qu'un vantard doublé d'un trouillard ! Eh bien, puisque tu en es incapable, c'est moi qui vais de ce pas me rendre auprès d'un commissaire de police.

— Attends, Gabriel. Cesse de m'interrompre. Si je ne peux pas aller à la police, c'est parce que j'ai toutes les raisons de croire que... Armand est déjà entre ses mains !

— Armand... entre les mains de la police ? Mais, qu'a-t-il donc fait, bon sang ?

Jocelin finit par lâcher d'une voix sourde :

— Eh bien, voilà... Tu connais nos convictions royalistes, à ton cousin et moi. En ce qui me concerne, je dois reconnaître que je parle plus que je n'agis. Mais, dans le cas de ton cousin, c'est tout l'inverse ! Comme il voulait te protéger, il n'a jamais osé t'avouer que, en mémoire de son père, il a été recruté par le Comité anglais. Et c'est comme ça qu'il s'est retrouvé impliqué jusqu'au cou dans cette maudite affaire de drapeau noir.

— Quel Comité anglais ? Quel drapeau noir ? Qu'est-ce que c'est que ce baratin incompréhensible que tu essaies de me faire avaler ?

— Si tu veux pas croire ce que je te raconte, après tout, libre à toi ! finit par s'énerver Jocelin. Je ne peux rien te dire de plus. J'avais à cœur de te prévenir de la disparition de ton cousin. De toute façon, désormais ni toi, ni moi ne pouvons plus rien pour lui, malheureusement ! Adieu.

Sur ces paroles, le jeune homme tourna les talons et partit à vives enjambées. Trois minutes plus tard, il avait disparu de la vue de Gabriel. Celui-ci ne songea ni à le retenir, ni à le rattraper. Désemparé, le garçon s'assit sur un banc. Il prit sa tête entre ses mains et essaya de retrouver son calme. Allons, toute cette histoire était encore un de ces affreux cauchemars qui bouleversaient ses nuits depuis quelque temps. Pour sûr, il allait bientôt se réveiller... Hélas, la morsure du vent glacé sur la peau de ses joues lui confirma qu'il n'était pas endormi.

Comment son cousin Armand, son ami d'enfance, son complice et son confident de toujours, était-il devenu un conspirateur, sans que Gabriel s'en aperçoive ? Qu'est-ce que c'était que ce Comité anglais auquel son cousin s'était affilié ? Gabriel sentit son cœur s'effondrer dans sa poitrine, comme une lourde pierre au fond d'une mare. Il venait de se rappeler avec une précision douloureuse les paroles rapportées quelques jours plus tôt par Gaspard, dans la cour du lycée Napoléon. « Un royaliste arrêté par les gendarmes... alors qu'il s'apprêtait à étendre sur la façade de l'église de la Madeleine un immense drapeau noir frappé d'une fleur de lys. » Gaspard avait parlé du matin du 21 janvier, jour anniversaire de la mort du roi Louis XVI. La tête bouillonnante, la gorge douloureuse, Gabriel compta les jours. Le 21 janvier était tombé un mercredi : le jour de la disparition d'Armand ! Il se souvint alors de la prédiction de la bohémienne du Jardin des Plantes.

Gabriel ne put réprimer un gémissement.

Toute la force de sa raison voulait le convaincre qu'Armand n'était pas ce conspirateur désormais sous les verrous. Peine perdue, toute la puissance de son instinct lui criait le contraire. Si Armand était en prison pour conspiration contre l'Empereur, Gabriel savait sans l'ombre d'un doute à quel sort il était promis. Ce serait soit l'échafaud, soit le bagne ironiquement surnommé « guillotine sèche » par ce diable de Fouché. C'est alors que l'évocation de Fouché fit jaillir une lueur dans l'esprit du garçon. Mais, bien sûr, comment n'y avait-il pas pensé plus tôt ? Il lui fallait se rendre immédiatement auprès de son père. Pour plaider la cause d'Armand. Lui expliquer que cette affaire de drapeau noir n'était qu'une plaisanterie de mauvais goût. Et l'emprisonnement de son cousin, un dramatique malentendu.

Chapitre 15
Un espionnage riche d'enseignements

(Le même dimanche, un peu plus tard)
Au sortir du Jardin des Plantes, Gabriel s'apprêtait à prendre la direction du ministère de la Police, situé quai Malaquais. C'est alors qu'il se souvint qu'au lycée, il n'avait pas demandé d'autorisation de sortie pour le déjeuner. Or, il était déjà presque midi. Connaissant ce diable de Collard, il ne manquerait pas de remarquer très vite l'absence injustifiée de Gabriel, et de lui infliger la punition la plus sévère qui soit. Le lycéen se dit que ce n'était vraiment pas le moment d'encourir les foudres du surveillant général. S'il se retrouvait à son tour privé de sortie ou enfermé au cachot, il ne lui serait guère possible de venir en aide à son cousin !

Au menu du déjeuner, ce jour-là, il y avait une fricassée à la composition douteuse, pompeusement dénommée « ragoût de bœuf ». Des légumes flétris, une sauce aigre, et beaucoup de gras, ça oui, mais pour le reste... C'était encore un repas qui le laisserait sur sa faim. Mais aujourd'hui il n'avait qu'une hâte, sortir de table, et se ruer dès que possible au ministère de la Police.

C'était compter sans Gaspard. Dès que Gabriel était arrivé au lycée en fin de matinée, le visage défait et les yeux rouges, son ami avait immédiatement deviné que quelque chose de grave venait de se produire. Juste après le déjeuner, il exigea que Gabriel lui explique tout par le menu. Ce que fit celui-ci, dans un coin tranquille de la cour, avec des sanglots d'angoisse dans la voix. Quand le garçon conclut son récit en lui faisant part de son intention de se rendre auprès de son père pour plaider la cause d'Armand, Gaspard s'exclama :

— C'est une excellente idée ! Je propose que nous partions tout de suite.

Interloqué par cette réponse, Gabriel regarda son ami comme si celui-ci venait de lui annoncer qu'il embarquait pour la Chine.

— Tu veux venir avec moi ? Tu es devenu fou ou quoi ?

— Regarde dans quel état tu es. Hors de question que je te laisse y aller seul !

— Mais voyons, tu as perdu l'esprit. Tu oublies que tu n'as pas le droit de sortir ? Si Collard s'en aperçoit, tu es mort !

— Eh bien, figure-toi que ce matin, juste après le petit déjeuner, Collard est sorti du lycée pour une affaire personnelle. Il ne rentrera pas avant ce soir, lui rétorqua Gaspard, un sourire entendu au coin des lèvres.

Gabriel réalisa soudain qu'en effet, il n'avait pas vu Collard au réfectoire pendant le déjeuner. Il était si préoccupé par l'affaire d'Armand qu'il n'y avait pas pris garde sur le moment.

— Écoute, Collard ou pas Collard, ça ne me paraît pas prudent du tout !

— Réfléchis donc : je te serai très utile quand il s'agira de présenter la situation à ton père. À deux, on a plus d'arguments que tout seul. Puis, sentant que Gabriel était en train de se laisser fléchir : Allez, trêve de discussion ! Ma décision est prise. On y va ?

Gabriel regarda longuement son ami. Il savait que, si elle était découverte, cette sortie risquait de causer de gros ennuis à Gaspard. Et ça, Gabriel voulait l'éviter à tout prix. Dans le même temps, il savait combien il serait difficile de faire changer Gaspard d'avis. Pour ne pas dire mission impossible. D'ailleurs, s'il refusait sa proposition, le rouquin serait capable de le suivre en cachette dans la rue. Et puis, tout compte fait, cette affaire lui paraissait si compliquée et dangereuse que Gabriel serait bien content d'avoir Gaspard à ses côtés. Il savait combien celui-ci était imaginatif et réactif. Autant dire que son aide ne serait pas de trop. Gabriel laissa échapper un long soupir pour signifier qu'il cédait. Gaspard poussa un petit cri de victoire.

Un quart d'heure plus tard, les deux garçons quittaient le lycée sans encombre. Après une demi-heure de marche, ils arrivèrent devant le numéro 11 du quai Malaquais, siège du ministère de la Police. Gabriel, tout au long de son enfance et de son adolescence, y avait souvent accompagné son père. Quand il traversa la cour, les deux factionnaires de service, abrités derrière leurs paravents, le reconnurent et lui sourirent. En retour, il les salua d'un signe de tête. Il en fut de même avec le portier, auquel il demanda si son père était présent.

— Oui-da, m'sieur Gabriel, lui répondit le

bonhomme. Vot' paternel a déboulé aux aurores ce matin, pour rejoindre Son Excellence. Encore plus matinal que d'habitude. Et avec une de ces têtes de carême, en plus, j'vous dis qu'ça. J'savions point ce qui se trame en haut lieu. Sans doute encore quelque grabuge en perspective, conclut-il sur le ton de la confidence.

— Merci, père Anselme. Je dois lui parler de toute urgence.

— Allez-y donc, m'sieur Gabriel. Mais j'croyons qu'y va falloir vous armer de patience, soupira le factionnaire en haussant les épaules.

Gabriel le remercia et s'éloigna rapidement. En gravissant le grand escalier qui conduisait directement au cabinet du ministre et de ses principaux collaborateurs, les deux garçons discutèrent à voix basse de la meilleure stratégie à suivre. Valait-il mieux aller frapper directement à la porte du bureau d'Antoine Boisseau ? Ou bien se faire annoncer par l'huissier ? Selon Gaspard, cette deuxième solution était préférable. Autant respecter le protocole et éviter d'emblée tout sujet de fâcherie. Gabriel se rallia à l'avis de son ami.

Ils prirent donc la direction du secrétariat. Là, un huissier à la poitrine creuse et tout vêtu de noir bâillait à s'en décrocher la mâchoire. Il leur annonça que Fouché et son bras droit, enfermés depuis trois heures dans le bureau du ministre, avaient ordonné qu'on ne les dérange sous aucun prétexte. Sur un ton qui n'incitait pas à la plaisanterie, on pouvait le croire sur parole ! Gabriel le remercia et ressortit dans le couloir. Alors qu'il indiquait à Gaspard la direction de l'antichambre du bureau de son père, celui-ci lui tapa sur le bras :

— Et si on allait l'attendre plutôt devant le bureau du ministre, ton paternel ? Après tout, c'est là qu'il se trouve. Ça nous permettra de l'attraper plus facilement quand il sortira...

Oui, c'était une bonne idée, convint une fois encore Gabriel. Les deux garçons s'installèrent sur l'une des banquettes recouvertes de velours rouge qui jouxtaient la porte du bureau ministériel. À voix basse, ils commencèrent à préparer le discours qu'ils allaient servir à Antoine Boisseau. Leurs chuchotements furent soudain interrompus par des éclats de voix, provenant du bureau de Fouché. Sans se concerter, les deux amis se levèrent d'un bond et tendant l'oreille, s'approchèrent de la porte pour essayer de saisir les paroles échangées de l'autre côté du mur. La voix du ministre s'élevait, manifestement très irritée :

Un espionnage riche d'enseignements

— Toute cette affaire me déplaît au plus haut point, Boisseau ! Nous avons dorénavant la certitude que tout ce ramassis de comploteurs appartient au Comité anglais, n'est-ce pas ?

Gabriel sursauta à l'évocation de ce Comité anglais. C'était la deuxième fois qu'il en entendait parler aujourd'hui. Gaspard et lui échangèrent un regard entendu et collèrent leur oreille contre la porte. Heureusement que c'était dimanche, que les couloirs étaient vides et qu'aucun gratte-papier ne risquait de les surprendre ! Pendant ce temps, Fouché continuait, sur un ton de plus en plus autoritaire :

— Nous pouvons désormais relier en toute certitude l'incident survenu au début du mois avec cette conspiration des jarres d'huile que nous venons de démanteler. Je dois reconnaître que l'idée de placer des armes dans de tels récipients était franchement judicieuse. Une ruse que je réutiliserai à l'occasion ! (Son rire sarcastique fit frissonner Gabriel.) Mais vous m'annoncez qu'en plus cette clique est responsable du complot tout récent du drapeau noir ? D'ailleurs, si cette affaire n'avait pas risqué de nuire à l'image de Sa Majesté, je l'aurais qualifiée de bouffonnerie. Un drapeau fleurdelysé sur l'église de la Madeleine ! Cette fois, soyez clair, Boisseau : subsiste-t-il encore des ramifications inconnues de cette affaire ?

Gabriel reconnut alors la voix de son père.

— Soyez rassuré, monsieur le ministre. Tous les conspirateurs sont désormais hors d'état de nuire. La plupart sont emprisonnés, dans différentes geôles de la capitale. D'ailleurs, dès demain, aux premières heures du jour, je me chargerai personnellement de les interroger. Ensuite et dans les plus brefs délais, ils seront envoyés au bagne. Quant à ceux qui se croient encore libres, ils sont étroitement surveillés. Ils nous servent d'appât et seront bientôt sous les verrous. Je vous en donne ma parole d'honneur : toute cette affaire est entièrement sous notre contrôle.

Le silence retomba sur le bureau. Écoutant les paroles de son père, Gabriel venait en quelques instants de reconstituer toutes les pièces de ce puzzle monstrueux. Ainsi, ce maudit Ramenard avait dit vrai. Armand était bel et bien emprisonné pour avoir tenté de voiler la façade d'une église avec un drapeau noir. Désormais sous les verrous, il serait torturé demain matin et envoyé au bagne, à coup sûr.

Et voici que s'expliquait aussi l'étrange présence des jarres d'huile chez l'antipathique Boucheseiche.

La pensée du marchand de tabac rappela à Gabriel le mystérieux colis que lui-même avait transporté deux mois plus tôt, et ce fameux tissu noir que Gaspard et lui avaient observé dans le fond du paquet. Le lycéen réalisa qu'en faisant office de commissionnaire pour les conspirateurs, lui, Gabriel, était devenu leur complice ! Un complice ignorant certes, mais un complice cependant. Affolé, le garçon crut soudain entendre le cri effrayé poussé par une certaine bohémienne : « Ah, mon prince ! Méfiez-vous de tout ce noir ! Il va vous faire courir un grand danger ! »

La terreur souleva Gabriel du siège où il s'était rassis. Mais oui, bien sûr, tout prenait soudain sens ! Autant dire qu'il n'était plus temps de parler à son père. Au contraire, il lui fallait fuir, et au plus vite ! Car sans doute lui-même était-il également recherché et sous le coup d'un mandat d'arrestation. Peut-être avait-on repéré sa présence dans la boutique de Boucheseiche ? Ou encore quand il avait remis le colis à Jocelin Ramenard ? De toute évidence, Gaspard avait fait le même raisonnement que lui puisqu'il le saisit par le bras pour l'entraîner. Les deux garçons partirent en courant et s'apprêtaient à descendre l'escalier quand ils entendirent le fracas d'une porte qu'on claque. Pris de panique, ils se précipitèrent dans le petit vestibule menant au bureau d'Antoine Boisseau, en ouvrirent la porte et se glissèrent à l'intérieur. Le cœur battant la chamade, Gabriel colla son oreille contre le battant de l'huisserie. Par chance, il n'entendit plus aucun bruit. Un silence écrasant était retombé sur les couloirs. Il attendit encore quelques minutes, afin de reprendre son souffle et de s'assurer que tout danger avait disparu. Il s'apprêtait à rouvrir la porte et à ressortir dans le couloir quand il jeta un coup d'œil derrière lui. Son ami n'y était plus.

Interloqué, Gabriel balaya la pièce du regard. Là-bas, derrière le bureau de son père, surchargé de documents divers et de portefeuilles en cuir, se trouvait Gaspard.

— Qu'est-ce que tu fabriques ? Il faut se tirer d'ici, et vite ! s'énerva Gabriel.

— Attends deux minutes ! Puisque nous sommes là, autant essayer d'en savoir un peu plus, lui répondit Gaspard qui commença à

Un espionnage riche d'enseignements

fureter parmi les papiers posés sur le bureau.

— Tu es fou ! Imagine qu'on se fasse prendre !

— Vu la situation, je ne crois pas qu'on puisse faire pire, rétorqua Gaspard d'un ton calme qui contrastait avec la gravité de ses propos.

Il ne paraissait pas du tout décidé à interrompre sa fouille. Après quelques instants de recherche, il poussa un petit cri de triomphe :

— Viens voir ce que j'ai trouvé !

Gabriel se précipita vers le bureau pour le rejoindre. En effet, la trouvaille était de taille : dans les mains de son ami, une liste des conjurés, accompagnée de leur lieu d'enfermement. Les deux garçons parcoururent le document d'un regard rapide. Très vite, ils découvrirent le nom qu'ils cherchaient : *Armand Laroche*. Et, au bout de la ligne : *Prison de La Force*. Bouleversé, Gabriel dut s'appuyer sur le bureau pour ne pas tomber... Gaspard le prit par le bras :

— Allons, courage ! Ce n'est pas le moment de tomber dans les pommes. C'est bon, on sait tout ce qu'on voulait savoir. Tirons-nous d'ici maintenant !

Pâle comme un linge, Gabriel se laissa guider par Gaspard. Celui-ci ouvrit délicatement la porte et s'assura que le passage était libre.

Quelques minutes plus tard, les deux garçons redescendirent l'escalier à vivre allure et retraversèrent la cour du ministère, sans croiser âme qui vive.

Chapitre 16
La décision de Gabriel

(Au lycée, le même dimanche, plus tard dans l'après-midi)

Il était près de 6 heures du soir, et la pénombre avait envahi la chambre de Gabriel. Celui-ci, recroquevillé en chien de fusil sur son lit, était immobile comme une statue. Sauf quand, de temps à autre, son corps était secoué par des spasmes d'angoisse et de terreur impossibles à refréner. Assis à ses côtés, silencieux, Gaspard caressait de la main le dos de son ami, s'efforçant de le réconforter. Le sang bourdonnait douloureusement dans ses oreilles. Tandis que toute l'horreur de la situation déferlait par vagues devant ses yeux. Il en était convaincu, tout était perdu, non seulement pour Armand, mais aussi pour lui-même. Lui, Gabriel Boisseau, fils du bras droit du ministre de la Police, il s'était fait le complice de cette conspiration. Il était donc promis à un sort analogue à celui d'Armand, voire pire encore. À l'énoncé silencieux de toutes ces souffrances à venir, Gabriel était secoué régulièrement de violents haut-le-cœur. Dans son imagination emballée se dessinaient d'épouvantables images de prison, de torture et de mort. Soudain, il s'imagina bagnard, couvert de la grosse laine rouge revêtue par les forçats, le crâne rasé, l'épaule tatouée de manière indélébile. Il se mit alors à gémir doucement, se mordant les lèvres jusqu'au sang pour empêcher les sanglots d'éclater.

Toujours assis sur le lit auprès de son ami, Gaspard accentua la pression de sa main :

— Allons, Gab, reprends-toi ! Ce n'est pas comme ça que tu vas tirer ton cousin d'affaire ! Il nous faut maintenant réfléchir à une stratégie...

— Quelle stratégie ? gémit Gabriel. De quoi parles-tu ? Il n'y a plus rien à faire. Tout est perdu, tu le sais bien !

— Allons, comment peux-tu être aussi pessimiste ? Rien n'est perdu, au contraire.

Stupéfait par ces paroles, Gabriel se retourna vers son ami et, pour la première fois depuis son retour, oublia presque sa terreur et son angoisse. À deux doigts de son visage, Gaspard lui souriait de nouveau, avec son éternel air de triomphe.

— Voilà le plan que je te propose : tu vas te rendre à la prison de La Force pour y retrouver Armand !

Éberlué, Gabriel ouvrit des yeux grands comme des assiettes. Se rendre à la prison ? Pour y retrouver Armand ? Pour être cueilli par la police plutôt ! Ah, ça, oui, Gaspard était devenu complètement fou.

— Tu n'as donc plus confiance en moi ? Tu n'as pas encore pigé qu'avec moi, il y a toujours une solution ? continua Gaspard avec malice.

Et, avec un air mystérieux, il sortit de la poche intérieure de son uniforme un document plié en quatre. Bien décidé à ménager son effet, il prit tout son temps avant de le déplier sous les yeux ébahis de son ami. Celui-ci vit alors apparaître un.... sauf-conduit, portant le sceau du ministre Fouché. Un sauf-conduit vierge où seul manquait le nom du bénéficiaire.

— J'ai emprunté cette petite bagatelle sur le bureau de ton père. Maintenant, nous allons le compléter en y inscrivant ton nom. Enfin, façon de dire : un nom inventé bien sûr. Ensuite, tu te rendras à la prison de La Force. Revêtu de ton uniforme, le portier te prendra pour un envoyé du ministre. Sûr qu'il n'y verra que du feu, conclut le rouquin d'une voix pleine d'assurance.

Gabriel resta muet de stupeur. Comment Gaspard avait-il pu s'emparer de ce document sans qu'il s'en aperçoive ?

— Tu oublies que je suis un carotteur professionnel ? Je dois avouer qu'aujourd'hui je n'ai pas respecté la promesse de ne pas carotter en ta présence, confessa-t-il avec un air faussement contrit. Mais tu vois, comme je te l'avais dit, je carotte toujours pour la bonne cause. Allez, trêve de discussions, il faut maintenant se dépêcher !

Ayant prononcé ces paroles, Gaspard se redressa et alla s'installer au bureau de Gabriel. Là il ouvrit l'encrier, y trempa une plume, puis commença à écrire. Gabriel finit par le rejoindre. En se penchant au-dessus de l'épaule de son ami, il put lire :

« *Son Excellence M. le Ministre de la Police autorise M. Tristan Dumont à se rendre en son nom à la Prison de La Force et lui accorde tous pouvoirs pour agir en ses lieu et place.* »

Quand il eut fini de rédiger, Gaspard fit face à son ami et plongea son regard dans le sien. Sans qu'une parole supplémentaire fût échangée, Gabriel lut clairement la question que l'autre lui posait : *Alors, que décides-tu ?* C'était bien le moment de décider en effet. Décider de rester calfeutré dans cette chambre, comme un trouillard et un benêt. Ou bien décider de voler au secours de son cousin. D'être un gagnant qui prend son destin en main.

Baissant soudain la tête, Gabriel resta silencieux un long moment. C'est alors qu'un autre obstacle apparut à son esprit :

— Oui, mais comment sortir, puisque le portail du lycée est fermé ?

— Eh bien, en prenant une autre sortie, tout simplement, répondit Gaspard, la bouche fendue de son éternel sourire plein de malice.

Gabriel fronça le sourcil sans répondre.

— Mazette, reprit le rouquin avec détermination, ne me dis pas que tu as déjà oublié ce que tu as entendu, un certain soir de décembre à la Malmaison.

— Tu ne veux pas parler de ce prétendu souterrain dont m'a parlé le père Trémoulet ?

— En plein dans le mille...

— Mais enfin, Gaspard, on ne sait même pas s'il existe ! Et encore moins où il se trouve ! répliqua Gabriel d'une voix agacée.

— C'est vrai ! Mais en réfléchissant bien, on devrait pouvoir trouver assez facilement une solution à chacun de ces deux problèmes ! répondit l'autre d'une voix malicieuse.

— Ben voyons ! Tu m'en diras tant...

Gaspard éclata de rire en observant la mine perplexe de son ami. Il rappela à Gabriel l'existence de la vieille porte vermoulue qu'il avait découverte quelques semaines plus tôt. Gabriel se frappa le front : mais oui, bien sûr comment n'y avait-il pas pensé plus tôt ?

— Mais au fait, comment peux-tu être certain qu'il s'agit bien de la porte du souterrain ?

— Eh bien parce que je l'ai ouverte, pardi !

— Ah oui, tu l'as ouverte ? Tu ne me l'avais même pas dit...

— Parce que tu ne me l'avais même pas demandé...

— C'est malin ! Et comment l'as-tu ouverte, puisque nul ne sait où est la clé ?

— Eh bien, j'ai tout simplement utilisé le même instrument qui m'a servi à ouvrir la porte de la cuisine : le passe-partout du concierge !

Gabriel en resta muet de stupéfaction autant que d'admiration. Gaspard lui exposa alors son plan. Impossible de faire quoi que ce soit dans l'immédiat, avant le dîner puis le couvre-feu qui aurait lieu dans trois heures. Ensuite, quand tout le lycée serait profondément endormi, il passerait chercher Gabriel et l'accompagnerait jusqu'à la porte du souterrain. Celui-ci approuva le tout et les garçons se séparèrent.

Chapitre 17
Sortir du lycée

(Au lycée, le même dimanche, plus tard dans la soirée)
Heureusement, cette nuit-là, la lune était pleine, ce qui permit aux deux amis de se diriger sans encombre dans le lycée obscur. Ils arrivèrent bientôt aux cuisines. Après avoir ouvert la porte avec une étonnante dextérité, Gaspard entra. Trouvant rapidement une chandelle de suif qui traînait sur une table, il l'alluma. Les deux garçons traversèrent la grande pièce voûtée d'ogives, vestige des anciennes cuisines des moines. Ils atteignirent bientôt l'escalier descendant aux caves. Le sous-sol était divisé en deux nefs, séparées au milieu par une rangée de grosses

colonnes. C'était là que l'on conservait les réserves de nourriture.

Gaspard semblait connaître les lieux comme sa poche et les conduisit sans hésiter vers un coin où étaient empilés de vieux tonneaux. Ils étaient si couverts de poussière et de toiles d'araignées qu'on pouvait croire qu'ils n'avaient pas été bougés depuis des siècles. Impossible de deviner que Gaspard était passé par là, quelques jours plus tôt ! Comment avait-il fait ? Les deux garçons commencèrent à déplacer les tonneaux avec précaution, jusqu'à voir apparaître une vieille porte en bois vermoulu qui semblait oubliée depuis au moins mille ans. Sa serrure paraissait complètement oxydée par la rouille. Pourtant, il suffit de quelques instants à Gaspard pour débloquer le verrou avec son passe-partout. Une fois encore, l'habileté et l'ingéniosité de son ami remplirent Gabriel d'admiration. Celui-ci poussa délicatement la porte qui s'ouvrit dans un grincement déchirant. Aussitôt, les narines des deux garçons furent assaillies par une odeur putride de moisissure et de charogne. Gabriel poussa alors un petit cri de joie :

— Tu es formidable, Gaspard. Vraiment ! Je ne sais pas comment je ferais sans toi.

— Eh bien, pour être tout à fait sincère, je

crois que... tu ne ferais pas ! répondit l'autre, avec un peu de vanité dans la voix.

— Tu as raison, confirma Gabriel, la voix pleine de reconnaissance. Bon, il faut que j'y aille... Et toi, retourne vite te coucher !

— Tu n'y penses pas ! Hors de question que je te laisse entrer seul dans ce four qui pue la charogne.

Gabriel le regarda avec stupeur. Qu'est-ce que c'était que cette nouvelle invention ? Gaspard n'envisageait tout de même pas de l'accompagner jusqu'à la prison ? Voyons, c'était impossible : ils ne disposaient que d'un seul sauf-conduit.

— Tu as très bien compris, renchérit le rouquin. Évidemment que je vais t'accompagner ! Réfléchis donc : je peux t'être encore très utile. D'abord, je vais t'aider à te rendre à la prison. Ensuite, quand tu seras là-bas, je t'attendrai dehors en montant la garde. Et puis, si je ne t'accompagne pas, je crains que tu ne saches pas te servir du passe-partout pour ouvrir la porte à ton retour !

Gabriel soupira. Une fois de plus, cet incroyable lascar avait le dernier mot.

— Bon, je vois que tu as tout prévu. Alors, on y va ?

Les deux garçons s'engagèrent dans le souterrain après que Gaspard eut soigneusement refermé la porte derrière eux. La puanteur y était vraiment insupportable. La galerie était étroite et très basse de plafond, si bien que Gabriel dut, à plusieurs reprises, baisser la tête afin d'éviter de heurter son front contre la voûte. Quant aux murs, ils étaient si lépreux et poisseux d'humidité qu'ils évitèrent autant que possible de les effleurer afin de ne pas salir leur uniforme. Ils parcoururent ainsi quelques centaines de mètres. Le visage couvert de toiles d'araignées, ils arrivèrent bientôt devant une seconde porte. Beaucoup plus massive que la première, celle-ci était barrée de fer et fermée par un impressionnant verrou. Pas plus que le précédent, celui ne résista à la dextérité de Gaspard. Les deux garçons franchirent l'obstacle sans encombre. Ils eurent alors l'agréable surprise de découvrir un souterrain plus vaste et plus large, plus haut de plafond et à l'aspect moins lugubre. Sans doute avaient-ils quitté les caves du lycée pour entrer dans la crypte de l'église Sainte-Geneviève. Quelques minutes plus tard, ils gravirent les marches d'un escalier qui les conduisit à une dernière porte en bois. Elle ouvrait sur une des chapelles attenantes à la nef centrale. Dissimulée derrière une grande tapisserie représentant la crucifixion de Jésus, cette porte était totalement invisible au regard. Gabriel pensa au père Trémoulet. Quand toute cette affaire serait terminée, peut-être trouverait-il l'occasion d'aller confirmer au vieil ecclésiastique que son fameux passage secret existait bel et bien...

Il fut ensuite facile aux deux amis de sortir du bâtiment. Voilà que soudain, ils se retrouvaient libres, sur le parvis de l'église Sainte-Geneviève. À cet instant, juste à côté d'eux, les cloches égrenèrent les douze coups de minuit. Ayant rejoint la rue Saint-Jacques, c'est au pas de course que les deux garçons commencèrent à la descendre en direction de la Seine. Comme la plupart des rues de Paris, celle-ci était plongée dans une obscurité à peine éclairée par quelques lanternes. Manquant d'entraînement, et fatigués par leurs longues courses de la journée, les deux lycéens sentirent rapidement la fatigue alourdir leurs jambes.

Soudain, ils entendirent au loin le tintement d'un grelot, puis, de plus en plus près, le fracas de roues et de sabots ferrés sur le pavé. Instinctivement, ils se jetèrent sous un porche pour se cacher. Ouf ! Il ne s'agissait que d'un fiacre. Celui-ci était d'ailleurs en train de faire demi-tour. Il s'arrêta à quelques pas des deux garçons afin de déposer une jeune élégante, sans doute de retour d'un spectacle.

— C'est l'occasion ou jamais ! murmura Gaspard.

— Tu es sûr que c'est prudent ? répliqua Gabriel avec inquiétude.

— Sûr et certain... On y va ! intima le rouquin avec assurance.

Dès que la jeune femme se fut engouffrée dans son immeuble, Gaspard sortit de sa cachette et s'approcha de la voiture. Il demanda au cocher de les conduire à proximité de l'église Saint-Paul, dans le septième arrondissement[19]. Sur un ton revêche, celui-ci lui répondit qu'il n'en était pas question et que sa journée était terminée. Bien décidé à obtenir gain de cause, Gaspard usa de l'autorité de l'uniforme et menaça le cocher de faire suspendre son permis de circulation. L'esbroufe vint à bout de ses réticences... Le fiacre repartit. Ce n'était qu'une vieille caisse vermoulue, et chaque cahot de la

---

19. Ce quartier correspond aujourd'hui au 4e arrondissement, dit « quartier du Marais ».

route la secouait avec violence. Gabriel avait l'impression d'être installé dans une coquille de noix, ballottée sur des flots déchaînés. Assis en face de lui, tressautant sans cesse sur une banquette aussi crasseuse que la sienne, Gaspard lui adressait de temps à autre une de ses affreuses grimaces dont il avait le secret. Allons, ce voyage en fiacre était une aubaine et leur permettait de gagner un temps précieux. Étonnamment, et bien qu'on soit déjà à la moitié de la nuit, les rues étaient loin d'être vides. Gabriel entendit le cocher fouetter et jurer abondamment pour écarter les passants imprudents. Après une quinzaine de minutes, le fiacre finit enfin par s'arrêter. Les garçons jetèrent alors un coup d'œil par la portière. L'église Saint-Paul-Saint-Louis se dressait devant eux.

En sortant de la voiture, Gabriel tendit les deux francs réglementaires au postillon. Heureusement qu'il avait pensé à se munir de sa bourse ! Le fiacre repartit aussitôt. Tournant le dos à la vieille église, les deux amis traversèrent la rue Saint-Antoine. Ils tournèrent ensuite à droite dans la rue Pavée, avant d'obliquer dans celle du Roi-de-Sicile. Là, ils s'arrêtèrent devant le numéro 2 et levèrent les yeux. Un frisson glacé les parcourut alors de la tête aux pieds. Tel un immense et sinistre château hanté se dressait devant eux la prison de La Force.

Chapitre 18
Peut-on s'évader de La Force ?

(À la prison de La Force, plus tard dans la nuit)

La Force n'avait pas toujours été une prison. C'est ce que Gaspard, cette encyclopédie ambulante, avait expliqué à Gabriel entre deux grimaces pendant leur trajet en fiacre. Une façon de passer le temps et de détendre un peu l'atmosphère. Construit au treizième siècle, le bâtiment était demeuré pendant longtemps un hôtel particulier. Son propriétaire était alors un certain duc de La Force. Peu avant la Révolution, le lieu avait été transformé en prison. Cette forteresse immense pouvait désormais accueillir plus de mille détenus. Ce que savait Gabriel de longue date en revanche, c'est que ce lieu était véritablement lugubre et surtout de sinistre mémoire. En septembre 1792, trois semaines après l'emprisonnement de la famille royale, une tuerie épouvantable s'y était déroulée. Une populace en furie était entrée dans la prison, s'était emparée de près de deux cents prisonniers et les avait massacrés avec sauvagerie. Parmi les victimes, la princesse de Lamballe, la meilleure amie de la reine Marie-Antoinette. Aux yeux de Gabriel, même si ces prisonniers étaient des aristocrates et des proches du couple royal, rien ne pouvait justifier un tel carnage.

Gabriel sentit la main de Gaspard se poser sur son bras. Ensemble ils récapitulèrent tous les éléments du scénario qu'ils avaient mis au point pendant leur course en fiacre. Gabriel allait se présenter comme un envoyé extraordinaire du ministre de la Police, chargé par celui-ci de l'interrogation urgente d'un suspect de conspiration contre l'État. Avant de le laisser s'éloigner, Gaspard aida son ami à remonter le col de son manteau pour dissimuler son menton, et à enfoncer son bicorne pour cacher ses yeux. Le visage de Gabriel devint ainsi presqu'invisible.

Gabriel connaissait la réputation de rigueur de cette maison d'arrêt. Son père avait coutume de raconter que les conditions de détention y étaient bien plus dures et strictes que dans les autres prisons. C'est la raison pour laquelle on la choisissait souvent pour y incarcérer les prisonniers politiques, que le pouvoir impérial jugeait plus dangereux que les criminels de droit commun. Gabriel avait souvent entendu son père répéter que « nul forçat ne peut s'évader de la prison de La Force ». À cette heure de la nuit cependant, enfermés dans leurs appartements, le directeur et son greffier dormaient sans doute à poings fermés. C'est du moins ce que Gaspard lui avait assuré. Somme toute, pensa Gabriel, il ne lui restait plus qu'à déjouer la vigilance de la vingtaine de geôliers qui, selon toute vraisemblance, veillaient sur les lieux. Une bagatelle, ricana-t-il intérieurement.

Après un dernier regard échangé avec Gaspard, Gabriel sortit de l'ombre et se dirigea d'un pas ferme vers la guérite du factionnaire. Il devina aussitôt sa bonne fortune : le gardien dormait debout et empestait l'alcool de mauvaise qualité. Le garçon n'eut qu'à se dresser de toute sa haute taille, forcer un peu sa voix et présenter avec assurance son sauf-conduit pour que le garde, réveillé en sursaut, lui ouvre la porte avec affolement. De l'autre côté l'attendait un second geôlier. Affalé derrière une table, celui-ci semblait encore plus ivre et engourdi que le premier. Gabriel demanda sur un ton sévère où était enfermé le suspect Armand Laroche. Le factionnaire le renseigna sur l'emplacement de sa cellule et lui proposa même de l'accompagner. D'une voix autoritaire, Gabriel déclina son offre. L'autre n'insista pas et laissa retomber sa tête sur ses bras. Dès qu'il se retrouva seul, le garçon poussa un profond soupir de soulagement.

La prison se présentait comme un immense labyrinthe, bizarrement divisé en huit préaux aux formes irrégulières. Chacun d'eux était affublé d'un surnom insolite. Suivant les indications du geôlier, ce fut vers une de ces cours que Gabriel dirigea rapidement ses pas. Appelée la Fosse aux lions, celle-ci était aussi sinistre que son patronyme le laissait deviner et remplie des prisonniers les plus dangereux. La plupart étaient entassés par dizaines dans des dortoirs, sans aucun souci de salubrité. Heureusement, ce n'était pas le cas d'Armand. En tant que prisonnier politique, il était soumis à la loi du secret. Si bien qu'on l'avait isolé dans une cellule. Autant dire que cette nuit, cet isolement allait grandement faciliter la tâche de Gabriel.

Après s'être égaré dans des couloirs obscurs

et puants, le lycéen réussit enfin à repérer le cachot de son cousin. Par le judas, il reconnut sans hésiter le prisonnier à la blondeur de ses cheveux et à la pâleur de son teint. Recroquevillé sur une couchette couverte de paille, le jeune homme était emmitouflé dans une couverture sale et mitée. Malgré l'heure avancée de la nuit, il ne dormait pas.

Sans perdre une seconde, Gabriel introduisit dans la serrure le passe-partout que lui avait confié Gaspard. À son grand étonnement, c'est sans difficulté qu'il parvint à la crocheter. Armand avait levé la tête. Au spectacle de ce personnage de haute stature, enveloppé d'un ample manteau noir et coiffé d'un bicorne, le jeune homme ne put réprimer un mouvement d'effroi. Terrorisé, il se plaqua contre le mur. Lentement, Gabriel déroula sa cape et ôta son couvre-chef. Dans les yeux de son cousin, il vit l'angoisse se muer en stupéfaction. Si les circonstances n'avaient pas été si graves, sûr que la mine ébahie d'Armand aurait fait éclater de rire Gabriel.

Celui-ci chuchota alors :

— Eh bien, Armand, tu ne m'embrasses pas ? Je t'assure que j'ai pourtant parcouru un chemin long et difficile pour arriver jusqu'à toi !

Immédiatement, le prisonnier fut debout et se jeta sur le lycéen, qu'il pressa sur son cœur si fort que Gabriel crut qu'il allait l'étouffer. Il sentit alors contre son flanc les côtes saillantes du prisonnier. Seigneur, qu'il avait maigri en l'espace de quelques jours ! C'était pitié de le voir ainsi, le visage creusé et gris, les yeux gonflés, la silhouette décharnée. Gabriel frissonna. Diantre, une chose était sûre, c'est que la réputation de mouroir de cette prison était pleinement justifiée !

Le prisonnier s'agrippait maintenant à lui et répétait :

— Gab ! Mon Gab ! Mais, comment est-ce possible ?

— Tu croyais donc que j'allais t'abandonner à cet enfer ?

— Mais, voyons, on dit qu'il est impossible d'entrer dans cette prison ! Comment as-tu fait ?

— Je te raconterai tout ça en détail plus tard. En tout cas, il était temps que je vienne te sortir d'ici !

Armand sursauta en entendant ces paroles et regarda son cousin comme si celui-ci avait complètement perdu la raison.

— Quoi ? Que dis-tu ? Tu sais très bien que c'est impossible !

Gabriel attrapa alors le ballot qui pendait à son épaule. Avec un sourire mystérieux, il l'ouvrit. Il en sortit un uniforme, ainsi qu'un manteau noir et un bicorne semblables à ceux qu'il portait ; une chance que la lingère du lycée ait rapporté hier son deuxième uniforme après l'avoir nettoyé. Il tendit le tout à son cousin.

— Tu quitteras la prison le premier, lui expliqua-t-il. Moi, je te rejoindrai cinq minutes plus tard. Les deux plantons de service sont tellement ivres qu'ils auront la certitude d'avoir vu double ! J'en mettrais ma main à couper. Nous nous retrouverons dehors, sous le porche de l'église Saint-Paul, où nous attend mon ami Gaspard.

Armand avait écouté son cousin. Quand celui-ci se tut, il rétorqua :

— Pas question, Gab ! Pas question que tu prennes pour moi un risque aussi insensé !

— C'est bien pour ça que je ne te laisse pas le choix ! Je ne repartirai pas d'ici sans toi, affirma Gabriel avec autorité.

Armand l'observa quelques instants en silence. Puis il reprit :

— Bien. Puisque tu insistes, j'accepte ta proposition. À une condition : c'est toi qui passeras le premier.

— De ça non plus, il n'est absolument pas

question ! Le sauf-conduit est à mon nom. Ce sera donc à moi de discuter si un souci se présente. D'ailleurs, c'est moi qui dirige cette expédition. C'est donc moi qui distribue les rôles. Ça n'est pas négociable. Allons, cesse donc de discuter : rien ne me fera changer d'avis !

Apparemment convaincu, Armand le serra à nouveau dans ses bras, avec force. Puis, il le dévisagea un long moment en silence. Il y avait dans le regard de son cousin une admiration que Gabriel n'y avait jamais lue. Cela l'emplit d'une joie et d'une fierté si immenses qu'elles justifiaient toutes les imprudences du monde.

Dès qu'Armand se fut changé, les deux garçons sortirent en silence de la cellule et se dirigèrent vers la sortie. La première partie de leur plan se déroula sans encombre. Comme prévu, Armand sortit sans difficulté, après avoir adressé un vague signe de tête au planton avachi. Pendant ce temps, Gabriel se dissimula dans l'ombre. Il y demeura caché pendant cinq bonnes minutes qui lui parurent des siècles. En dépit de la fermeté dont il avait témoigné face à son cousin, il n'en menait pas large. Son cœur battait à grands coups qui déchiraient douloureusement sa poitrine. Dans quelques minutes allait se jouer un des instants les plus graves de sa vie.

Quand il estima qu'un délai assez long s'était écoulé depuis le départ d'Armand, Gabriel sortit de l'ombre. D'un pas rapide et décidé, il se dirigea vers la porte. Il s'apprêtait à la franchir quand le geôlier lui saisit le bras avec fermeté :

— Qu'est-ce donc que cette affaire, mon p'tit monsieur ? Z'êtes pas déjà sorti y a trois minutes ?

— Vous perdez la raison, soldat, lui répliqua Gabriel avec toute la fermeté dont il était capable. Je quitte à l'instant le prisonnier que j'étais venu interroger.

— Ah, mais c'est qu'j'ai quand même point la berlue ! J'vous dis que j'vous ai d'jà vu passer y a trois minutes ! postillonna le portier, dont l'haleine alcoolisée et nauséabonde donna un haut-le-cœur à Gabriel.

Celui-ci rétorqua bravement, de la voix la plus autoritaire :

— Et moi, je vous dis qu'aucun officier n'est sorti d'ici. En revanche, une chose est sûre et certaine, c'est que vous avez trop bu. Inutile de vous dire que je ne manquerai pas de le signaler à votre hiérarchie !

La poigne du gardien se desserra comme par enchantement.

— J'vous prie d'm'pardonner, monseigneur. Voyez-vous, les nuits sont bien longues et bien froides... Et mon office bien pénible, au milieu de toute c'te racaille... J'vous en prie, monseigneur. Ayez pitié d'un pauvre homme qui doit nourrir sa famille !

Gabriel haussa les épaules, comme pour afficher son mépris. Sans répondre, il franchit la lourde porte de bois. En dépit de son aplomb apparent, son affolement était si intense qu'à chaque battement, son cœur menaçait d'exploser dans sa poitrine. Dès qu'il fut dans la rue et loin du regard du factionnaire, il dut s'appuyer contre un mur afin de se reposer un instant. Après avoir repris ses esprits, il poursuivit à la hâte son chemin. Quand il rejoignit l'église, Gaspard, qui l'attendait, le serra dans ses bras. À ses côtés, Armand se jeta sur lui avec frénésie.

— Ah Gab, j'ai cru mourir d'angoisse ! Je croyais que tu ne me rejoindrais jamais. Qu'est-ce qui m'a pris d'accepter de te laisser courir un tel risque ? Jamais je ne me le serais pardonné, si...

Gabriel lui pressa le bras, pour l'interrompre et le calmer. Maintenant que l'épreuve était derrière lui, et que les battements de son cœur s'étaient un peu calmés, il était facile de jouer les grands seigneurs. Bizarrement, les rôles, établis depuis des années entre les deux cousins, venaient soudain de s'inverser. Et cela, de la manière la plus naturelle qui soit. Dans l'immédiat, une nécessité s'imposait à eux : quitter au plus vite les abords de cette prison. Par chance, à cet instant, un fiacre passa à leur hauteur. Gabriel le héla.

Chapitre 19
Une explication orageuse

(Dans les rues de Paris, plus tard au cours de la même nuit)
Dans le fiacre qui les éloignait de la prison de La Force, épuisés par les violentes émotions qu'ils venaient de vivre, les trois jeunes gens restèrent silencieux pendant un long moment. Ce fut Gaspard qui parla le premier :

— Dis donc, Gab, peut-être pourrais-tu faire les présentations ?

Pelotonné dans un coin de la voiture, plongé dans ses pensées, Gabriel mit quelques secondes à réagir.

— Ah oui, bien sûr ! Armand, je te présente Gaspard de Kéradec, pensionnaire comme moi au lycée Napoléon. Et aussi mon meilleur ami, ajouta-t-il en adressant un clin d'œil complice à Gaspard, qui rougit de plaisir à cette déclaration.

Puis à Gaspard :

— Gaspard, je te présente mon cousin germain Armand Vaubois de La Roche... plus connu ces temps-ci sous le pseudonyme d'Armand Laroche ! ajouta-t-il narquois.

Armand et Gaspard se serrèrent la main avec gravité. Puis Armand se décida à prendre la parole, la voix tremblante d'émotion :

— Gabriel et Gaspard, vous m'avez sauvé la vie. Ce que vous avez fait pour moi au cours de cette nuit, je vous jure que je ne l'oublierai jamais. Toi surtout, Gabriel, en entrant dans cette affreuse prison, tu as pris des risques si énormes que j'ai le vertige rien que d'y penser ! (Le jeune homme marqua un temps d'arrêt.) Pour te dire vrai, reprit-il avec plus de solennité dans la voix, jamais je n'aurais imaginé que tu serais capable d'une telle audace et d'un pareil courage. Ce que tu viens d'accomplir, c'est tout simplement... héroïque ! Je ne pourrai jamais assez te dire mon admiration et ma reconnaissance éternelles, conclut-il en saisissant la main de son cousin qu'il serra avec effusion.

Enfoncé dans l'obscurité, Gabriel sentit le rouge envahir son visage. Sûr que de tels compliments sortant de la bouche de ce cousin qu'il admirait tant, c'était plus délicieux encore qu'un nectar divin. À la demande pressante d'Armand, il commença de lui raconter en détail la succession des événements de cet incroyable dimanche. Gaspard intervenait de temps à autre, pour compléter par une remarque ou ajouter un détail oublié. Armand les écoutait religieusement, les interrompant parfois d'une question, à laquelle l'un ou l'autre répondait avec un plaisir évident. Le jeune homme semblait fasciné par l'ingéniosité et l'impétuosité des deux lycéens. S'agissant de Gabriel, Armand était forcé de reconnaître que s'il avait toujours tendrement aimé son jeune cousin, il le jugeait également assez empoté et trouillard. Enfin, jusqu'à cette nuit. Car il était évident que les initiatives prises par celui-ci au cours des dernières heures le contraignaient à réviser entièrement son jugement. Quant à ce jeune rouquin au visage parsemé de taches de son, il lui semblait n'avoir jamais rencontré quelqu'un d'aussi vif et débrouillard. Assurément ce gaillard avait-il exercé une influence plus que bénéfique pour transformer son timoré Gabriel en héros courageux.

Quand les lycéens eurent terminé leur explication, le silence retomba dans la voiture. Un silence lourd de questionnements, comme le comprit très vite Armand. Estimant sans doute qu'il était temps pour lui de passer aux aveux, celui-ci toussota, comme pour s'éclaircir la gorge, puis se lança :

— Eh bien, je crois que c'est à mon tour de vous fournir quelques explications.

— Rien ne pourrait me faire plus plaisir en effet, rétorqua Gabriel avec une assurance qui le surprit lui-même.

— Alors, allons-y. Afin que tu comprennes bien les raisons de l'imbroglio dans lequel je me suis placé, il faut que j'évoque des événements vieux de plus de dix ans déjà. Tu sais dans quelles circonstances, en 1795, mon père donna sa vie pour le roi, au cours de la guerre de Vendée. Je n'avais pas encore dix ans. Pourtant, cette disparition nous frappa si terriblement, ma mère et moi, qu'elle bouleversa notre vie à jamais...

À ces derniers mots, la voix d'Armand s'étrangla d'émotion et le jeune homme s'interrompit, comme pour ravaler ses larmes. L'émoi de Gabriel était tout aussi vif : c'était la première fois qu'il entendait Armand évoquer de la sorte la mort tragique de son père. Après quelques instants, celui-ci reprit, d'une voix raffermie.

— Sans doute sais-tu qu'à la suite de son décès, le nom des Vaubois de La Roche fut inscrit sur la liste des émigrés par le gouvernement de la République.

Gabriel eut l'impression qu'en prononçant ce dernier mot, Armand crachait de dégoût.

— Pour ma mère et moi, cela signifiait que nous étions désormais considérés comme des criminels, proscrits de leur patrie. Autant te dire qu'en ce qui me concerne, une seule obsession a désormais hanté mes pensées : venger mon père et réaliser l'œuvre qu'il n'avait pu accomplir de son vivant. Une détermination renforcée par le contact étroit que ma mère avait conservé avec les anciens compagnons d'armes de mon père. Ce n'est que grâce à la générosité de ceux-ci, désormais installés en Angleterre, que nous avons pu survivre, puisque la République avait confisqué tous nos biens ! Il y a deux ans, ces protecteurs ont offert de m'installer à Paris et d'y financer mes études de médecine. En échange de quoi, ils me firent l'honneur de m'intégrer au réseau d'espionnage du Comité anglais.

— Encore ce Comité anglais ! l'interrompit

Gabriel d'une voix agacée. Vas-tu me dire de quoi il s'agit à la fin ?

— Après le coup d'État de ce scélérat de Bonaparte, le roi ….

— Tu veux parler du comte de Provence, j'imagine ? l'interrompit Gabriel

— Oui, depuis la mort de Louis XVII à la prison du Temple en 1795, il est devenu notre roi, ne t'en déplaise ! Il a obtenu le soutien du gouvernement britannique. Ce dernier, très hostile à la Révolution française, a appuyé la création du Comité anglais et l'a aidé à s'installer à Paris. La mission du Comité, notre mission, est de renverser l'Ogre corse et de rendre son trône à notre roi légitime.

Gabriel avait écouté l'exposé d'Armand avec un effarement grandissant. Quand il entendit les dernières paroles de celui-ci, le lycéen poussa un cri de révolte :

— Ainsi, c'était donc vrai, tout ce que j'ai entendu dire à ton sujet ? Vrai que tu appartiens pour de bon à ce club de comploteurs qui veut renverser et assassiner l'Empereur ? Vrai que toi, mon cousin chéri, tu es devenu un misérable conjuré ?

— Calme-toi, Gab ! Je peux comprendre ton indignation. Mais tu devrais au moins reconnaître

Une explication orageuse

que la couronne royale revenait de droit à Louis XVIII. Et qu'au lieu de la lui remettre, ce Bonaparte a préféré la poser sur sa propre tête, lui qui n'a pas une goutte de sang royal dans les veines. Une situation absolument honteuse que je ne peux pas admettre !

— Je te rappelle que la monarchie a été abolie, Armand. Alors, ce que moi, je ne peux pas admettre, c'est l'idée d'un retour en arrière ! Si je comprends bien, tu es de ceux qui veulent restaurer la dynastie des Bourbons, au moyen d'un coup d'État financé par les ennemis de la France ? Je n'aurais jamais imaginé une telle trahison de ta part.

L'ambiance d'effusion et de reconnaissance des premiers moments avait disparu, pour faire place à une hostilité de plus en plus vive.

— Arrête avec tes leçons de morale, Gab, je te prie, lui répliqua Armand sur un ton sec. Et puisque tu me poses la question, j'estime en effet que les moyens importent peu pourvu que l'on se débarrasse de cet imposteur. Cependant, je tiens à te rassurer : nous ne sommes pas des assassins. La mission du chevalier de Bruslart ne consiste pas à exécuter Bonaparte, mais à l'enlever afin qu'il soit jugé par un tribunal royal !

— Le chevalier de Bruslart ?

— Le chevalier est le chef de notre Comité anglais, un homme d'un courage sans bornes et d'une audace hors du commun. Depuis que mon père a disparu, j'ai la chance qu'il me considère comme son fils, ajouta Armand d'une voix dans laquelle perçait à nouveau l'émotion.

Cette fois, celle-ci n'attendrit nullement Gabriel, mais exacerba au contraire sa colère :

—Tiens donc ! Et c'est ce maudit chevalier si paternel qui t'a contraint à agir contre la sécurité de l'État ? Au risque de t'envoyer au bagne ?

— Tu n'y es pas du tout, Gabriel ! C'est de mon plein gré que je me suis porté volontaire. C'est bien moi qui ai demandé à étendre un drapeau noir sur l'église de la Madeleine, en souvenir du martyre de notre roi. Je peux même te dire que je le referais demain si le chevalier me le proposait à nouveau !

Armand avait prononcé ces dernières phrases avec une exaltation pleine de fièvre. Abasourdi, Gabriel l'observait. Ainsi c'était la vérité : son cousin était un conspirateur, un véritable conspirateur. Il avait suffi à Armand de quelques instants de liberté pour oublier le désespoir dans lequel il était plongé quand Gabriel l'avait rejoint dans sa cellule. Et aussi incroyable que cela puisse paraître, le jeune homme semblait prêt à se lancer dès que possible dans une nouvelle aventure subversive. Ce constat plongea le lycéen dans la tristesse et l'amertume. À quoi bon essayer de convaincre son cousin ?

Après quelques instants d'un silence lourd de reproches, Armand reprit la parole. Dans le ton de sa voix, désormais plus calme et modeste, on sentait aussi percer l'embarras :

— En fait, Gab, il y a une seule chose que je regrette. C'est de t'avoir envoyé chez Boucheseiche. Le chevalier m'avait recommandé de ne pas me rendre en personne chez le marchand de tabac. C'est mon ami Jocelin qui m'a suggéré de faire appel à toi. Et toi, en me faisant une offre de service, un certain dimanche matin, tu as donné un coup d'accélérateur au destin. Je n'aurais jamais dû accepter ta proposition. Je m'en veux beaucoup... J'espère qu'un jour, tu pourras me le pardonner.

Les explications d'Armand et cet échange orageux laissèrent Gabriel avec un goût très amer dans la bouche. Certes, tous ces aveux ne faisaient que confirmer ses pires craintes. Mais les entendre de la propre bouche de son cousin rajoutait encore à la violence de la réalité. Aussi, bien qu'il fût touché par les regrets exprimés par Armand, le lycéen ne voulut rien lui en montrer et s'enferma dans un mutisme renfrogné et hostile. Au bout d'un moment cependant, il finit par rétorquer :

— Tu m'as rendu complice, dans mon dos, d'une action en faveur de cette royauté que j'ai en horreur. Et de plus, contre mon Empereur dont tu sais pourtant combien je lui suis attaché. Autant te dire que ça, je ne peux pas l'encaisser ! Ce qui est fait est fait et ne peut être défait. Mais pour le pardon, il te faudra repasser plus tard...

Tout au long de cette discussion houleuse, Gaspard était demeuré muet comme une carpe, situation tout à fait inhabituelle pour lui. Conscient que cette explication à cœur ouvert ne concernait que les deux cousins, il les avait laissés régler leurs comptes entre eux. Cependant, le temps passait.

— Bon, tous les deux, je crois qu'il est temps de stopper là votre dispute. L'important pour toi, Armand, désormais, c'est de te cacher. Gabriel et moi, nous connaissons un lieu sûr où personne n'aura l'idée de venir te chercher, au moins pendant quelques heures. Mais ensuite ? Sais-tu comment faire pour quitter Paris ?

— Oui, par chance ! répliqua Armand, pas fâché qu'on change de sujet. Il se trouve que le

Une explication orageuse

chevalier a mis au point un excellent réseau d'évasion vers l'Angleterre. Un réseau qui nous permet d'organiser régulièrement la fuite de nos agents les plus menacés. Et tout ça dans des délais extrêmement courts. Et ce, à la barbe de Fouché et de ses chiens de chasse, bien sûr. Je suis sûr que le chevalier va me permettre de disparaître au plus vite.

— J'espère que tu dis vrai... Dans ce cas, Gabriel et moi, nous allons te conduire jusqu'à la cachette dont je viens de te parler. Ensuite, Gabriel pourrait se rendre au plus vite auprès de tes complices afin de leur demander d'organiser ta fuite. Qu'en dis-tu, Gab ?

Avant que celui-ci ait eu le temps de répondre, Armand s'exclama :

— Encore un risque supplémentaire que mon cousin prendrait pour moi ? Ah non, cette fois, je ne peux pas accepter !

Gabriel demanda sur un ton maussade :

— Tu as une meilleure idée peut-être ?

— Je m'en veux. Je ne t'ai déjà que trop impliqué ! Que dirait ton père s'il te voyait, s'il nous voyait ?

À cet instant, comme s'il les avait entendus, le cocher tira les rênes de son cheval et le fiacre s'arrêta. Les trois garçons jetèrent un coup d'œil par la fenêtre : devant eux se dressait la masse imposante de l'église Sainte-Geneviève. Juste avant d'ouvrir la portière et de descendre, Gabriel se tourna vers son cousin et lui jeta, d'une voix encore pleine de rancune :

— Laisse donc mon père où il se trouve, s'il te plaît. À l'heure qu'il est, il dort profondément, au fond de son lit. D'ailleurs, à la Force, le factionnaire a noté sur son registre le nom d'un certain Tristan Dumont. Je vois donc mal comment mon père pourrait faire le lien entre ton évasion et moi.

Chapitre 20

D'émouvants adieux

(Dans les rues de Paris, plus tard dans la nuit)

Le clocher de l'église Sainte-Geneviève sonna deux coups au moment où Gabriel ressortait sur le parvis. Le garçon frissonna. Deux heures seulement venaient de s'écouler depuis qu'il avait quitté ce lieu pour la première fois, en compagnie de Gaspard.

Après que le fiacre se fut éloigné, les deux lycéens avaient entraîné Armand à leur suite à l'intérieur de l'église. Avec lui, ils avaient emprunté, dans l'autre sens, le chemin menant au souterrain. Arrivé là, Gabriel avait laissé son cousin aux bons soins de Gaspard et était reparti aussitôt. Une lourde charge lui incombait désormais : organiser la fuite d'Armand hors de Paris.

Pour cela, il lui fallait se rendre en hâte rue Monsieur-le-Prince. C'est là que se trouvait la mansarde occupée par Jocelin Ramenard. Autant dire que cette mission, ainsi que l'idée de rencontrer une fois encore cet exécrable personnage, lui répugnaient au plus haut point. Hélas, il n'y avait pas d'autre solution, avait assuré Armand. À cette heure de la nuit, seul Jocelin était en mesure de contacter le fameux réseau d'évasion du chevalier de Bruslart.

Arrivé devant l'immeuble, Gabriel entra et gravit sur la pointe des pieds les trois étages conduisant à la chambre située sous les toits. Soucieux de ne pas éveiller le voisinage, le garçon ne fit que gratter à la porte, avec suffisamment d'insistance cependant, pour tirer Jocelin de son sommeil. Il attendit de longues minutes avant que celui-ci apparaisse, hirsute et enveloppé dans une couverture crasseuse. Jocelin s'apprêtait déjà à tancer l'importun qui osait le réveiller en pleine nuit quand il reconnut Gabriel. Éberlué par cette apparition, il demeura sur le seuil, muet et les yeux écarquillés. Le lycéen le poussa sans ménagement à l'intérieur de la mansarde et referma la porte derrière eux.

Et, avant que Jocelin se soit remis de sa surprise, Gabriel l'attaqua bille en tête :

— Eh bien, dis donc... Le moins qu'on puisse dire, c'est que la disparition de ton meilleur ami ne t'empêche pas de dormir ! Mais rassure-toi... Si je suis ici cette nuit, c'est que tu vas enfin pouvoir lui être utile. Dis-moi ce que tu sais à propos du réseau d'évasion du chevalier de Bruslart !

Le cerveau encore embrumé par le sommeil, Jocelin mit quelques instants avant de retrouver sa langue :

— Qu'est-ce que c'est que cette histoire à la fin ? Et d'abord, qu'est-ce que tu viens faire chez moi au milieu de la nuit ?

— Figure-toi que pendant que tu dormais sur tes deux oreilles, je viens de sortir Armand de prison. À l'heure où je te parle, il est caché et attend celui qui lui fera quitter Paris incognito. Il m'a assuré que tu savais à qui t'adresser.

Surmontant sa répugnance, Gabriel informa l'autre des principaux événements de la nuit. Au fil du récit, il vit la stupéfaction se dessiner sur le visage de Jocelin, peu à peu remplacée par une admiration qu'il n'y avait jamais vue. Quand il eut terminé, l'autre resta muet, puis, sans en demander davantage, il s'habilla à la hâte, expliquant à son visiteur qu'il allait de ce pas chercher Boucheseiche. C'était à lui que Bruslart avait confié le fonctionnement du réseau d'évasion, annonça-t-il. Une information qui ne surprit guère Gabriel. Il recommanda ensuite au lycéen de retourner auprès d'Armand, afin de le rassurer : à 5 heures au plus tard, il le retrouverait devant l'église Sainte-Geneviève. Quelques instants après, devant la porte cochère, les deux jeunes gens se séparèrent. Jocelin descendit en courant vers l'île de la Cité, tandis que Gabriel repartait vers le lycée.

L'adolescent rejoignit rapidement Armand et Gaspard dans le souterrain et leur fit part de son échange avec Jocelin. Désormais, le temps était compté avant que le jeune conspirateur soit emmené loin de Paris. Les deux cousins savaient aussi que la séparation à venir risquait d'être longue. Pourtant, aucun des deux n'eut le courage d'aborder cette question. Gaspard essaya de relancer la conversation entamée plus tôt dans le fiacre. Mais l'altercation avait laissé de l'aigreur de part et d'autre, et le cœur n'y était plus. Aussi, épuisé par cette nuit blanche, chacun somnola dans son coin.

Peu avant 5 heures du matin, les deux cousins décidèrent de quitter le souterrain pour remonter vers le parvis de l'église. Gaspard avait insisté pour les suivre. Mais cette fois, les deux autres étaient tombés d'accord pour l'en empêcher. Gaspard avait couru assez de risques comme ça, décrétèrent-ils en chœur. D'ailleurs Armand et Gabriel préféraient être seuls pour se dire adieu. Assez dépité, Gaspard avait donc accepté d'attendre son ami dans le souterrain. Juste avant de le laisser, Gabriel lui arracha une ultime promesse : si pour une raison ou une autre, le départ d'Armand durait plus longtemps que prévu, Gaspard devait absolument rentrer au lycée à 5 heures et demie au plus tard, de façon à ce que, à 6 heures, le roulement du tambour le trouve dans son lit, au dortoir... Gaspard rechigna un long moment, mais il dut finalement céder et donner sa parole.

À 5 heures sonnantes, avec une ponctualité déconcertante, les deux cousins, qui s'étaient cachés derrière une colonne de l'église, entendirent le roulement d'une charrette sur les pavés de la rue Saint-Jacques. Quelques instants plus tard apparut devant eux un équipage conduit par Boucheseiche. Gabriel reconnut sans difficulté la silhouette chauve de l'antipathique marchand de tabac. La voiture était tirée par deux énormes chevaux, des percherons écumant dans le froid, et couverte à l'arrière d'une grande bâche sombre. Sans adresser un regard ou un mot à Gabriel, le marchand de tabac salua rapidement Armand. Puis, d'un geste ample, il souleva la grande toile qui recouvrait la charrette. Sous celle-ci se trouvaient des tonneaux. D'une voix rude, il ordonna au jeune homme de se glisser au plus vite dans l'un d'entre eux, vidé pour l'occasion.

Oubliant d'un coup leur querelle, les deux cousins tombèrent dans les bras l'un de l'autre. Tous deux luttaient contre l'émotion. Si la séparation était inéluctable, nul ne savait combien de temps elle durerait.

— Dis-moi au moins où on te conduit ? chuchota Gabriel à l'oreille d'Armand.

— Sur la côte normande, mais je n'ai pas le droit d'être plus précis. Un cheval rapide m'attend aux portes de Paris. Sur son dos, et au triple galop, j'y serai en quelques heures. La nuit prochaine, j'embarquerai sur un bateau qui, en contrebande, me conduira en Angleterre. Ça veut dire qu'après-demain matin, je serai en terre britannique. Allez mon Gab, ne t'inquiète plus pour moi : je suis désormais en sécurité !

— Et quand nous reverrons-nous ? osa encore demander Gabriel.

— Si je pouvais te répondre, mon pauvre Gab ! À Londres, je vais poursuivre mon combat pour la liberté. Un jour, c'est sûr, je reviendrai en France. Nous nous reverrons : je te le promets.

— Prends soin de toi, lui répondit le lycéen d'une voix étranglée.

— Toi aussi, mon Gab. Je n'oublierai jamais tout ce qui s'est passé au cours de cette nuit. Et tout ce que tu as fait pour moi. Te voilà devenu un homme : je suis si fier de toi !

Gabriel vit briller dans les yeux de son cousin des larmes d'émotion.

— Essaie de m'écrire si tu peux.

— Si ça m'est possible, je te le promets.

— Une dernière chose avant que tu t'en ailles : tout à l'heure, tu m'as demandé de te pardonner... Eh bien, voilà : c'est fait ! Je te pardonne de tout mon cœur ! Tu peux partir l'esprit en paix.

À cet instant, la voix de Boucheseiche s'éleva, leur ordonnant de se dépêcher. Les deux garçons échangèrent une dernière embrassade et se séparèrent. Armand sauta dans la charrette et se glissa prestement au fond d'un tonneau. Le conducteur rabattit immédidement la toile et, sans un adieu, fit claquer son fouet. La charrette repartit à vive allure en direction du jardin du

Luxembourg et de la barrière de Vaugirard. Elle disparut très vite au regard de Gabriel.

Celui-ci demeura ainsi un long moment, plongé dans ses pensées. Que devait-il faire maintenant ? Il était évident que le choix de la clandestinité était sans issue. Se rendre chez son parrain Baptiste ? Celui-ci trouverait assurément une solution, mais était-ce une bonne idée de l'impliquer dans cette affaire plus que scabreuse ? Retourner au lycée ? C'était l'option qu'Armand lui avait formellement recommandée. À bien y réfléchir, Gabriel ne voyait pas d'autre solution. D'ailleurs Gaspard l'attendait et il devait se dépêcher de le rejoindre. Ensemble, ils avaient encore le temps de retourner se coucher avant que le tambour ne commence à rouler, dans moins d'une heure.

Gabriel entendit soudain sur le pavé le claquement des sabots d'un cheval mené à un trot enlevé. Le bruit se rapprocha très vite de lui. Avant que le garçon ait eu le réflexe de se cacher, un magnifique alezan pommelé arriva à sa hauteur et s'arrêta. Pendant quelques instants, immobile et éperdu, le garçon fixa l'encolure de l'animal et les jambes de l'homme qu'il portait. Puis, peu à peu, comme sous l'effet d'une prémonition, son regard remonta vers le cavalier et se figea. Devant lui, raide comme une statue équestre, se tenait son père.

Chapitre 21

Pris au piège

(La même nuit, devant l'église Sainte-Geneviève)

Son père. Cette irruption parut à Gabriel si irréelle qu'il se demanda de quel cataclysme surnaturel elle allait s'accompagner. Le ciel n'allait-il pas, dans un instant, lui tomber sur la tête ? Ou peut-être, le gouffre des Enfers s'ouvrir sous ses pieds ? Une série d'images apocalyptiques commencèrent à défiler à toute allure dans le cerveau affolé du garçon. Sûr qu'Antoine Boisseau venait d'être informé de l'évasion d'Armand. Que d'une minute à l'autre, les troupes de Fouché allaient surgir de l'ombre. Qu'après avoir rattrapé le fuyard, elles jetteraient les deux comploteurs en prison. Gabriel les imagina tous deux, son cousin et lui, marqués au fer rouge[20], puis déportés vers quelque bagne lointain et monstrueux. Paniqué par la perspective de calamités aussi épouvantables, le lycéen enfouit soudain sa tête dans ses mains.

Après avoir observé avec satisfaction la panique silencieuse de son fils, Antoine Boisseau descendit tranquillement de cheval.

— Eh bien, mon garçon ! En voilà une drôle d'idée, de traîner de la sorte, en pleine nuit... et surtout par un tel froid : tu n'as donc pas peur d'attraper la mort ? lui demanda-t-il sur un ton sarcastique.

Gabriel ne trouva le courage ni de le regarder, ni de lui répondre. Son père reprit bientôt :

— Vas-tu m'expliquer à la fin ce que tu fais dehors, à cette heure ? Alors que tu devrais être dans ton lit, au lycée !

Sa voix était maintenant grondeuse et autoritaire, et toute trace d'ironie en avait disparu. Relevant la tête, Gabriel s'arma de tout le courage qui lui restait après cette nuit terrible.

— Eh bien, père, je ne sais pas très bien par où commencer, ni comment vous l'expliquer...

20. Avant d'être envoyés au bagne, les condamnés politiques étaient marqués sur l'épaule au fer rouge de l'inscription *TFP*, pour «travaux forcés à perpétuité».

— Peut-être en commençant ton récit par le nom de celui qui t'a jeté dans cette affaire ? Le nom de ton cousin germain : Armand Vaubois de La Roche. Enfin, je devrais plutôt dire Armand Laroche. Car il s'agit bien d'une seule et même personne, n'est-ce pas ?

Cette affirmation consterna le garçon.

— En effet, père, admit-il d'une voix blanche. Vous savez la grande affection que j'ai toujours éprouvée pour mon cousin Armand. Craignant votre réaction, je n'ai pas osé vous avouer qu'il vivait désormais à Paris, afin d'y étudier la médecine. Le recours à un pseudonyme lui a été imposé par la proscription de son patronyme.

— C'est sous ce pseudonyme, en effet, que ce garnement, qui se trouve malencontreusement être mon neveu, est connu des services de police pour son implication dans un complot royaliste aggravé ! l'interrompit Antoine Boisseau en grimaçant de colère.

Affolé par la fureur de son père, Gabriel l'interrompit :

— Permettez-moi, père, de dissiper tout de suite un terrible malentendu. Armand n'est pas un criminel, je vous assure. Juste un pauvre idéaliste qui n'a songé qu'à étendre un drapeau noir en mémoire du roi guillotiné.

— Quelle naïveté, mon pauvre garçon ! renchérit son père d'une voix furieuse. Je vois bien que ce diable d'Armand s'est moqué de toi, et qu'il ne t'a raconté que la moitié de la vérité. Tu es bien sûr au courant de son implication dans le Comité anglais, n'est-ce pas ? Mais ton cousin a-t-il songé à te dire que ce fameux Comité avait attenté à la vie de l'Empereur au début du mois de janvier ?

C'est alors que se produisit le cataclysme que Gabriel attendait depuis qu'il avait vu son père surgir devant lui quelques minutes plus tôt. Le garçon eut réellement l'impression que le ciel lui tombait sur la tête. Voilà que, après trois semaines d'attente fiévreuse, il entendait enfin parler de cet étrange événement auquel il avait assisté à l'Opéra. Et cet aveu sortait de la bouche de son père, en plus. Ainsi il n'avait pas rêvé ! Un attentat avait bien eu lieu le soir du 9 janvier. Et l'instigateur en était précisément le Comité anglais de son cousin Armand. Au bord du désespoir, Gabriel fit cependant une ultime tentative :

— Père, je vous assure... Armand m'a affirmé que le but du Comité n'était pas de tuer l'Empereur, mais seulement de l'enlever pour le juger....

— Oui, c'est bien que je pensais. Ce bougre d'Armand s'est vraiment moqué de toi, décréta Antoine Boisseau, d'une voix grinçante et exaspérée.

— Mais père, comment se fait-il qu'aucun journal n'ait parlé de cet attentat ? Personne n'est au courant ! C'est comme si rien n'avait eu lieu ce soir-là, à l'Opéra...

— À l'Opéra ? Qui t'a parlé de l'Opéra, si ce n'est pas Armand ? Comment es-tu au courant ? lui demanda alors son père, en fronçant les sourcils d'un air suspicieux.

— Eh bien, ce soir-là, à la fin du premier acte, j'ai dû m'absenter de la loge. Si bien que je me trouvais dans les couloirs quand l'Empereur est arrivé et a été attaqué.

Antoine Boisseau eut l'air interloqué par cette révélation.

— Incroyable ! Tout bonnement incroyable ! Je ne m'étais même pas aperçu de ton absence... (Sa stupéfaction ne dura que quelques instants, et il se reprit très vite.) Eh bien, ajouta-t-il du même ton autoritaire, l'Empereur et son ministre de la Police ont jugé préférable de ne donner aucune publicité à ce forfait. Inutile d'affoler l'opinion publique avec de telles bêtises. Inutile qu'elle découvre que des insensés en veulent à la vie de leur Empereur !

Gabriel n'en croyait pas ses oreilles. Ainsi on avait délibérément caché à l'opinion publique cette tentative d'assassinat contre Napoléon. Ainsi Armand et Jocelin avaient raison quand ils parlaient de propagande. Tout cela paraissait invraisemblable.

Le silence retomba entre le père et le fils. Après quelques minutes, Antoine Boisseau reprit pour lui donner l'estocade :

— Comme je le supposais, tu possèdes déjà une foule d'informations sur cette affaire. Voilà quelque temps que je fais surveiller tes rencontres avec ton cousin. Et que mes mouches t'observent, de jour comme de nuit. C'est comme ça que je sais tout de tes récents déplacements : sur l'île de la Cité, au Jardin des Plantes, et plus récemment au ministère hier, ou encore... à La Force cette nuit même !

Au fil de la discussion, Gabriel avait peu à peu refoulé l'affolement qui l'avait saisi à l'arrivée de son père. Mais, en entendant les dernières phrases prononcées par celui-ci, son cœur se remit à battre à tout rompre :

— Que voulez-vous dire, père ? Est-ce que vous sous-entendez que... ?

— Aucun sous-entendu dans cette affaire, mon garçon, rétorqua le père avec autorité. Je ne sous-entends pas ! Dans le courant de l'après-midi d'hier, tu t'es introduit par infraction dans mon bureau, en compagnie de ton camarade Gaspard. J'affirme que tu y as dérobé un sauf-conduit. Tu n'avais pas encore posé le pied sur le quai Malaquais que je le savais déjà.

— Le ssssauf-cccconduit... bégaya Gabriel, éperdu.

— Oui, le sauf-conduit dont j'ai bien sûr deviné l'usage que tu allais faire. À savoir l'utiliser pour entrer frauduleusement à la prison de La Force, et tenter d'en faire évader ton cousin. Autant dire que j'ai tout de suite deviné qui se cachait derrière le prétendu Tristan Dumont.

— Donc, cette évasion... ?

—... N'a été possible que parce que je l'ai autorisée expressément.

— Mais, les geôliers ?

— Les geôliers étaient parfaitement informés.

— Ne me dites pas cela. Ils étaient totalement ivres !

— De parfaits acteurs qui ont simulé l'ébriété à la perfection.

— Et le souterrain ?

— J'en connaissais l'existence depuis longtemps.

— Mais, pourquoi tout cela, à la fin ?

— Je n'avais qu'un seul objectif : me débarrasser de ton cousin.

— Mais pourquoi donc ?

— Il y a plusieurs mois, un de mes mouchards, infiltré au sein de ce fameux Comité anglais, m'a informé de la présence d'un certain Armand Vaubois de La Roche, alias Armand Laroche. Je n'ai pas tardé à identifier les liens de parenté qui m'unissent à ce garnement inconscient ! À partir de cet instant, j'ai décidé de me débarrasser de lui. Pour cela, il fallait d'abord qu'il commette un crime, puis qu'il disparaisse. Il a suffi d'encourager la mise sur pied du complot du drapeau noir. Dès qu'il est passé à l'action, ton cousin a bien sûr été arrêté. S'agissant de son évasion, tu en sais largement autant que moi, n'est-ce pas ?

— Tout ce montage est diabolique... Je ne comprends rien à tout cela, soupira Gabriel.

Ainsi, depuis le premier jour, son père savait tout. Sur la présence d'Armand à Paris malgré l'interdit. Sur son activisme royaliste. Sur les contacts réguliers entre les deux cousins. Sur le complot du drapeau noir. Sur toutes les conspirations fomentées par ce maudit Comité anglais. Et dire que lui, Gabriel, avait cru agir héroïquement et librement ! En fait, il s'était contenté de jouer une partition orchestrée par son propre père. Du début à la fin, il s'était laissé manipuler, comme un minable pantin de bois.

Mais déjà, Antoine Boisseau poursuivait :

— Vois-tu, avec le ministre Fouché, une chose nous tient particulièrement à cœur. Nous refusons absolument de laisser des conspirateurs royalistes se transformer en martyrs aux yeux de l'opinion publique. Armand est le fils de Louis Vaubois de La Roche, mon propre beau-frère ! Ce beau-frère qui, de son vivant, m'exaspérait par son agitation et ses discours royalistes insupportables. Ce beau-frère qui, même après sa mort, a continué à troubler l'ordre public en devenant un martyr de la cause vendéenne. Alors, tu penses bien qu'il n'était pas question que je laisse cette famille, ma belle-famille, produire une seconde victime royaliste. Il fallait faire disparaître Armand, mais de son propre fait d'une certaine manière. Voilà qui est accompli et j'en suis fort aise, conclut-il avec un grand sourire satisfait.

Cette dernière affirmation parut si aberrante à Gabriel qu'il répliqua d'une voix vive :

— Mais, voyons, comment pouvez-vous croire que vous êtes débarrassé d'Armand ? Il va s'embarquer pour l'Angleterre dans quelques heures.

Là-bas, il continuera de conspirer contre l'Empereur. Et il reviendra à la première occasion !

— Vers l'Angleterre, crois-tu ? Comme tu es naïf, mon pauvre garçon ! Est-ce que tu nous prendrais pour des benêts, par hasard ? ironisa à nouveau son père. Ton cousin ne le sait pas encore... Mais figure-toi que, dès demain, il embarquera sur un bateau en partance, non pas pour l'Angleterre, mais pour... les États-Unis d'Amérique, où il sera assigné à résidence dès son arrivée. Voilà un royaliste qui ne nous dérangera plus de sitôt !

En entendant cette invraisemblable nouvelle, Gabriel ne put retenir un cri d'effroi. Mais déjà, son père poursuivait :

— Quant à ce bougre de Boucheseiche que tu as également fréquenté, n'est-ce pas, l'amnistie dont il a bénéficié il y a deux ans ne semble pas l'avoir assagi. Bien au contraire. Aussi, dès demain, il sera cueilli par la police du Havre, puis envoyé sous de joyeux tropiques. Je suis prêt à parier que ceux-ci vont diablement calmer ses ardeurs !

Apparemment très satisfait de son exposé, Antoine Boisseau se tut enfin. La consternation de Gabriel avait atteint son comble. Maintenant que l'effroi s'était peu à peu dissipé de son esprit, il commençait à y laisser place à la révolte. Comment son père avait-il pu imaginer une telle manipulation ? Et tout ça, dans le seul but de plaire à son diable de ministre ? Cet homme qui lui avait donné la vie ? Cet homme pour lequel il avait jusqu'alors éprouvé le plus profond respect ?

Gabriel s'arma alors de tout le courage qui lui restait, pour répondre d'une voix raffermie dans laquelle perçaient l'amertume et le dégoût :

— Mon père, ce que vous me racontez est si diabolique que je ne parviens pas à y croire. Quant à votre ministre Fouché, il est encore plus machiavélique que je l'imaginais !

L'arrogance de cette répartie déclencha chez Antoine Boisseau un nouvel accès de colère. Fixant son fils d'un regard dur et tranchant, il gronda d'une voix menaçante :

— Prends garde à ce que tu dis, mon garçon ! Figure-toi que, malgré tout ce que tu as fait, le ministre a accepté de te tirer d'affaire. Tu devrais lui en être reconnaissant plutôt que de t'essayer à l'insolence ! Tu as joué avec le feu en fréquentant un conspirateur, fût-il ton cousin. Tu viens de t'y brûler les doigts. N'oublie jamais que dans ce pays, la police est toute-puissante et que rien ne lui est inconnu !

Gabriel jugea prudent de ravaler pour un temps son indignation. Même s'il n'avait jamais douté du pouvoir de la police, il avait assurément sous-estimé son efficacité. D'ailleurs, qu'aurait-il pu ajouter ? Le récit de cette invraisemblable machination lui donnait le tournis. Et surtout, comment admettre cette idée insupportable : d'ici peu, un océan et des milliers de kilomètres le sépareraient d'Armand ! Peut-être que son cousin ne reviendrait jamais de cet exil lointain ? Peut-être qu'ils ne se reverraient plus du reste de leur vie ? Pour ne pas céder au désespoir, Gabriel essaya de se concentrer sur l'essentiel : au moins Armand avait-il la vie sauve et ne finirait-il pas au bagne...

Radouci par le silence de son fils, Antoine Boisseau reprit :

— Eh bien, il ne me reste plus qu'à te raccompagner au lycée, mon garçon. Tu ne verras pas d'inconvénient, j'espère, à ce que nous empruntions l'entrée principale. À mon âge, j'ai perdu le goût de musarder dans les souterrains.

Et Gaspard ? se souvint alors Gabriel avec

angoisse. Qu'allait devenir Gaspard, qui l'attendait dans le souterrain ? Pour se rassurer, il se rappela la promesse qu'il avait exigée de son ami. Pendant ce temps, comme si tout cela n'était pas suffisant, son père poursuivait :

— Quant à ta punition, elle sera suffisamment lourde pour que tu aies tout le temps de réfléchir aux conséquences de tes actes. J'ai le regret de t'annoncer que tu es consigné jusqu'aux prochaines vacances d'été. Pendant toute cette période, seuls ta mère et moi serons autorisés à te rendre visite.

Cette nouvelle coupa le souffle à Gabriel. Quoi ? Passer les six prochains mois enfermé dans ce mouroir ? Adieu, liberté ! Adieu, promenades dans Paris ! Adieu, rencontres du dimanche avec son cher Baptiste ! Comment allait-il y survivre ? Cependant, le garçon s'efforça de rester de marbre à cette annonce. Après ce qu'il venait d'apprendre sur son père, hors de question de lui accorder un plaisir supplémentaire en lui montrant la moindre trace de chagrin.

Au moment où il déverrouillait la lourde porte du lycée, le concierge fut frappé de stupeur de trouver Gabriel et son père sur le perron. Antoine Boisseau demanda au vieil homme estropié de confier son fils au proviseur Wailly, dès le réveil de ce dernier, l'assurant qu'il lui ferait porter dans la journée un courrier explicatif.

À l'instant où son père allait le quitter, Gabriel osa une ultime tentative :

— Père, je vous en prie… mon parrain Baptiste pourrait-il être également autorisé à me rendre visite au parloir ?

En entendant cette question, son père regarda son fils avec un drôle d'air. Et, pour toute réponse, sortit de la poche intérieure de sa veste une enveloppe qu'il lui tendit. Gabriel s'en saisit d'une main tremblante, la décacheta et déplia une feuille pliée en quatre. Il reconnut la belle écriture violette et penchée de son parrain et commença à lire avidement.

« Paris, lundi 19 janvier 1807,
Cher Gabriel,
Je suis très heureux de t'annoncer deux excellentes nouvelles.
La première, c'est que la date de départ de l'expédition botanique pour les Antilles est enfin arrêtée. Notre bateau partira de Brest le 1er avril prochain.
Quant à la deuxième nouvelle, elle va t'enchanter

autant que moi. Comme je te l'avais promis, j'ai demandé à ton père de m'autoriser à t'emmener avec moi. Et, après avoir longuement hésité, il a finalement accepté !

Je lui laisse le soin de te l'annoncer. N'oublie pas de le remercier très chaleureusement.

À nous la grande aventure, mon Gabriel...

Je t'embrasse de tout mon cœur.

Ton parrain qui t'aime. »

Éperdu, Gabriel leva les yeux vers son père. Se pourrait-il qu'il ait mal compris les paroles prononcées par ce dernier quelques minutes plus tôt ? Antoine Boisseau le dévisagea longuement avant de lui répondre :

— Voilà plusieurs semaines que Baptiste me harcèle avec son projet de t'emmener avec lui aux Antilles. Lundi dernier, il m'a rendu visite et est revenu à la charge. De guerre lasse, j'ai fini par céder et accorder ma permission. Mais ça, c'était il y a quelques jours... Tu comprendras bien qu'avec ce qui vient de se passer cette nuit, il ne peut plus en être question.

Le sang de Gabriel se figea dans ses veines. Il dut serrer les dents et se mordre violemment la langue pour ne pas hurler de désespoir. Les yeux fermés, les poings serrés, il ne vit pas son père faire demi-tour et franchir le seuil. Il entendit seulement le claquement de la porte du lycée, quand elle se referma lourdement derrière lui.

Chapitre 22

Des retrouvailles au goût amer

(Neuf ans plus tard, au palais des Tuileries, le samedi 20 janvier 1816)

Il neigeait abondamment quand Gabriel pénétra dans la cour du Carrousel, au palais des Tuileries. Aussi prit-il à peine le temps d'admirer la vieille façade du bâtiment commandé par la reine Catherine de Médicis, trois siècles plus tôt [21]. Gabriel sentit son cœur se pincer en se souvenant que, depuis plus de six mois, c'était désormais Louis XVIII qui régnait sur ces lieux. Celui-ci était remonté sur le trône après la destitution de l'empereur Napoléon Ier en juin 1815, et

---

21. Ce palais a été détruit à la fin du XIXe siècle.

après l'exil forcé de ce dernier vers Sainte-Hélène.

Après être entré dans le Grand Vestibule, Gabriel s'immobilisa un instant. Il leva rapidement le regard vers l'immense voûte du plafond, haute de sept mètres. Cette observation lui donna le tournis. Surtout, elle lui rappela le motif de sa visite. Il dut fermer les yeux pour retrouver ses esprits. Allons, c'était maintenant à lui de jouer. Le sort de son père reposait entre ses mains. Autant dire qu'il n'avait pas droit à l'erreur.

Après avoir présenté son sauf-conduit à un garde en faction, Gabriel s'engagea dans le Grand Escalier et gagna le premier étage. Là, il se fit indiquer les bureaux du duc de Richelieu, premier ministre du roi. Gabriel avait rendez-vous avec Son Excellence ce jour, à 11 heures précises. Un huissier le conduisit jusqu'à une antichambre et l'assura qu'il serait reçu sous peu. En s'asseyant sur la banquette que l'homme lui indiquait, Gabriel se dit que le sort en était jeté et qu'il était désormais dans la cage aux fauves. À cet instant, il entendit onze coups s'égrener à une pendulette dorée, posée sur une commode lui faisant face. Pourvu que le duc ne le fasse pas trop attendre, pensa-t-il. Heureusement, c'était aujourd'hui samedi, et il n'était attendu au Muséum qu'à trois heures cet après-midi.

Gabriel avait désormais vingt-quatre ans. Sa passion pour la botanique ne s'était jamais démentie. Au contraire, elle avait été encore renforcée par l'expédition qui, au cours du printemps et de l'été 1807, l'avait conduit aux Antilles avec son parrain Baptiste. Ah Baptiste ! Que serait-il devenu sans lui ? C'était grâce à son opiniâtreté qu'Antoine Boisseau avait fini par se laisser fléchir et, ayant levé la punition imposée à Gabriel une certaine nuit de l'hiver 1807, l'avait finalement autorisé à partir. Le garçon avait été si enthousiasmé par ce voyage que, sitôt son baccalauréat obtenu en 1809, il avait entrepris de brillantes études de sciences naturelles. Celles-ci achevées en 1813, et toujours grâce au soutien de Baptiste, Gabriel avait été embauché au Muséum d'histoire naturelle, où, depuis deux ans, il avait commencé une passionnante carrière de botaniste.

Commença alors l'attente. Les premières minutes permirent à Gabriel de mettre de l'ordre dans son esprit et d'affûter ses arguments. Bientôt, il se sentit prêt à affronter le ministre. Or, le ministre ne paraissait point.

Sous les yeux du jeune homme, au cadran de la pendulette, les aiguilles tournaient, imperturbables. Cinq minutes... puis quinze... puis trente. Toujours pas de duc. L'huissier avait disparu. Aucun son dans les couloirs alentour. Il semblait qu'on ait totalement oublié le visiteur. Progressivement, Gabriel sentit l'agacement monter en lui. Agacement teinté d'inquiétude. Était-ce volontaire de l'oublier de la sorte dans une antichambre ? Entendait-on lui témoigner ainsi le peu de considération qu'inspirait désormais le moindre membre de la famille Boisseau ?

Gabriel en était là de ses interrogations quand une porte fut entrebâillée au fond du corridor. Le portier de tout à l'heure s'approcha de lui à pas feutrés. D'une voix cérémonieuse, il lui annonça qu'on allait le recevoir. Gabriel se leva d'un bond et le suivit. L'huissier ouvrit la porte et lui fit signe d'entrer. Dès que le jeune homme eut franchi le seuil, la porte se referma en silence derrière lui. Gabriel dirigea son regard vers le grand bureau en bois d'acajou qui occupait le fond de la pièce. Alors qu'il s'apprêtait à s'incliner devant Son Excellence, Premier ministre du roi et pair de France, il s'arrêta net. Son cœur tomba violemment dans sa poitrine. Derrière le bureau, point de duc de Richelieu. Derrière le bureau, lui faisant face, se tenait son cousin Armand.

Armand, son cousin germain qu'il avait embrassé pour la dernière fois, une nuit de janvier 1807, sur le parvis de l'église Sainte-Geneviève. Armand, dont il était sans nouvelles depuis maintenant neuf ans. Armand, ici, dans le bureau du duc de Richelieu. Armand qui, déjà, s'avançait vers lui, un sourire plaqué sur le visage, les bras grands ouverts. Très vite, son cousin fut là, à quelques centimètres de Gabriel. Armand l'attira alors contre son cœur et referma ses bras sur lui. Incapable de parler, Gabriel s'abandonna à l'accolade. Luttant contre les larmes qu'il sentait monter à ses yeux, mais qu'inexplicablement, il voulait à toute force endiguer. Sentant palpiter contre le sien ce cœur dont il avait ignoré pendant toutes ces années s'il battait encore. Très vite, pourtant, Gabriel éprouva une curieuse sensation. C'était comme si les bras de son cousin n'avaient plus la même franche vigueur que jadis. En l'espace de quelques secondes, le jeune homme sentit monter en lui une impression aussi surprenante que désagréable. Celle d'être dans les bras d'un étranger.

L'embrassade d'ailleurs ne dura que quelques

instants. Bientôt Armand se recula de deux pas. Gabriel put alors observer le visage de son cousin. Un visage d'homme maintenant, étonnamment basané, buriné, au milieu duquel brillaient les mêmes yeux noisette qu'autrefois. Des yeux d'une surprenante gravité, dans lesquels ne demeurait plus qu'une trace très légère de la gaîté rieuse que Gabriel avait connue. Les cheveux autrefois châtain cendré étaient désormais parsemés d'étonnantes mèches grises. Armand les portait longs comme naguère, et toujours attachés en catogan, tandis qu'aux commissures des lèvres et des yeux se dessinaient déjà des amorces de rides. Quel âge avait donc Armand maintenant ? Un rapide calcul permit à Gabriel de se souvenir que son cousin, né en 1786, avait tout juste dépassé la trentaine. Pourtant, au cours de la décennie écoulée, il semblait avoir pris bien plus que neuf ans. L'espace d'un instant, Gabriel crut observer un portrait de son oncle Louis, disparu vingt ans plus tôt. Il réalisa soudain qu'Armand était désormais plus âgé que son père, mort sur un champ de bataille sans avoir atteint sa troisième décennie.

— Mon cher Gabriel, quelle joie de te revoir ! Pardonne-moi cette attente, je te prie. Il se trouve que j'ai été retenu longuement par Son Excellence, le duc de Richelieu.

Il me semble justement que c'est avec le duc de Richelieu en personne que j'avais rendez-vous aujourd'hui, faillit lui répondre Gabriel. Mais déjà Armand reprenait :

— Oui, quelle joie de te revoir ! Dans mon exil, je me demandais souvent quand ce jour arriverait enfin. Car, vois-tu, je savais que nous finirions par le jeter à la mer, ce maudit Corse ! Que tôt ou tard, les Français reviendraient à la raison. Et que notre bon roi reprendrait possession du trône de ses aïeux.

Pendant toutes ces années de séparation, ce n'était pas vraiment ainsi que Gabriel avait imaginé leurs retrouvailles. S'efforçant de ne pas répondre sur le même ton, il répliqua :

— Moi aussi, je me suis beaucoup inquiété de ton sort. Je ne savais même pas si tu étais mort ou vivant. J'ai longtemps espéré une lettre.

— Malheureusement, il m'était impossible de t'écrire sans te dévoiler le lieu de ma cachette. Après notre séparation, une fois arrivé sur les côtes normandes, je fus embarqué, non pas pour l'Angleterre...

—... Mais pour les États-Unis.

— Tu le savais donc ?!!

— Mon père me l'a avoué. Avant de me consigner au lycée, pour me punir de t'avoir aidé à t'évader !

Apparemment interloqué, Armand fronça les sourcils. Après un court temps de silence, il reprit le récit de ses aventures :

— Tu as donc dû imaginer ma surprise et mon abattement quand, quelques semaines plus tard, j'ai débarqué à Philadelphie, en Pennsylvanie. Heureusement pour moi, je parlais déjà couramment l'anglais.

En tant que membre du Comité anglais, sans doute valait-il mieux en effet maîtriser la langue de Shakespeare, remarqua Gabriel en silence. Pendant ce temps, Armand poursuivait :

— Ce qui m'a permis de m'intégrer rapidement à la société américaine. Surtout, ma grande chance fut d'être présenté au général Moreau [22], qui m'a généreusement pris sous son aile. Il y a trois ans, quand le général est rentré en Europe afin de prendre part à la campagne européenne contre ce satané Napoléon, il m'a emmené avec lui. C'est sur sa recommandation que j'ai été

---

22. Général français impliqué en 1804 dans un complot contre Napoléon et condamné à l'exil par celui-ci. Il part alors pour les États-Unis, avant de rentrer en Europe en 1813 pour lutter contre le régime impérial.

Des retrouvailles au goût amer

présenté à Sa Majesté[23], et surtout à Son Excellence le duc de Richelieu. Aussi, quand ce dernier a été nommé Premier ministre par le roi, il m'a proposé de devenir un de ses conseillers. Ce qui t'explique ma présence ici, aujourd'hui.

Armand avait usé d'un ton sentencieux. Dans chacun de ses gestes et de ses mots se lisait et s'entendait une forme d'emphase et de grandiloquence qui stupéfia Gabriel. Armand invita finalement son cousin à s'asseoir en face de lui. Gabriel obtempéra, décidant d'aller directement à l'essentiel :

— Le duc ne pouvait donc pas me recevoir lui-même ? Il s'agit d'une affaire vraiment importante.

— À vrai dire, Son Excellence désirait vraiment te recevoir en personne. Mais tu n'as sans doute pas oublié que nous sommes aujourd'hui le 20 janvier. C'est-à-dire la veille du 21. Jour anniversaire du martyre du défunt roi, il y a vingt-trois ans.

Diantre, si ! Gabriel avait complètement oublié ! Il faut dire qu'il avait toujours aussi peu la mémoire des dates. Surgirent alors à son esprit une foule de souvenirs : un drapeau noir

---

23. Armand parle bien sûr du roi Louis XVIII.

frappé d'une fleur de lys, un tambour invalide dans la cour du lycée Napoléon, un marchand de tabac bourru dans une échoppe de l'île de la Cité, un malheureux conspirateur pleurant dans son cachot, une charrette disparaissant dans la nuit... Gabriel ferma les yeux un instant pour accueillir toutes ces images qu'il avait depuis si longtemps reléguées au fin fond de sa mémoire. Il dut se mordre la langue pour empêcher la question qui s'apprêtait à jaillir de sa bouche : avez-vous également prévu, par hasard, d'étendre un drapeau noir sur l'église de la Madeleine ?

De sa voix ferme, qui ne laissait percer ni émotion, ni nostalgie, Armand poursuivit son explication, comme si de rien n'était.

— Son Excellence est donc requise toute la journée auprès de Sa Majesté. Aussi m'a-t-il demandé de m'entretenir avec toi de l'affaire qui t'amène aujourd'hui, afin que celle-ci soit réglée au plus vite.

À l'instant où il prononça ces derniers mots, toute affabilité disparut définitivement du visage d'Armand. Dans son regard noisette apparut même une lueur de dureté et de cynisme que Gabriel n'y avait jamais vue. Le jeune homme en fut bouleversé. Il comprit soudain qu'en face de lui se dressait désormais un impitoyable conseiller du roi, avec lequel il allait falloir négocier pied à pied. La vraie discussion débutait enfin.

— Il s'agit donc de ton père, Antoine Boisseau. Bras droit du ministre de la Police Fouché, pendant toute la durée du régime de l'imposteur Bonaparte. Bonaparte que Fouché et ton père ont eu le culot de soutenir une nouvelle fois quand celui-ci a repris les armes et le pouvoir en mars 1815, pour les Cent-Jours qui ont conduit notre pays à sa ruine. Il est bien normal que tous deux paient maintenant pour cette double trahison.

En effet, Antoine Boisseau payait cher aujourd'hui sa fidélité sans failles à son ministre. Au moment des Cent-Jours, quand avait éclaté l'annonce du retour de Napoléon Bonaparte, son entourage avait supplié Antoine de ne pas rallier le général ex-empereur et de demeurer fidèle au roi Louis XVIII. Gabriel lui-même, désormais adulte, n'avait pas ménagé ses efforts pour tenter de convaincre son père. Il faut dire qu'au fil des années, une foule d'événements dramatiques avaient contribué à étioler peu à peu l'allégeance du jeune Boisseau à l'égard de son Empereur. Une allégeance autrefois si enthousiaste, pourtant. Il y avait d'abord eu toutes ces guerres insensées et tellement meurtrières : la guerre d'Espagne, la campagne de Russie. Qu'était-il donc passé dans la tête de Napoléon de vouloir aller conquérir tous ces territoires lointains ? Et puis, en 1809, il y avait eu le coup de théâtre du divorce avec Joséphine, répudiation suivie du remariage avec une archiduchesse autrichienne et de la naissance d'un prince impérial. Autant dire que tout cela avait glacé d'horreur Gabriel. Et, pour finir, il y avait eu l'invasion du territoire français par une coalition européenne, au printemps 1814. Cette année-là, Gabriel avait estimé que ses imprudences avaient fait perdre toute légitimité à Napoléon, et que le règne de celui-ci était bel et bien terminé.

Hélas, en mars 1815, les tentatives pour infléchir la résolution d'Antoine Boisseau avaient été vaines, ce dernier ayant décidé coûte que coûte de suivre Fouché et son Empereur. Jusqu'en enfer s'il le fallait. Ce choix s'était vite avéré désastreux, et c'était bien en enfer que son père se retrouvait aujourd'hui. Après la défaite militaire de Waterloo, en juin 1815, Napoléon avait été chassé de nouveau du pouvoir. Pour toujours, cette fois-ci. Louis XVIII était remonté sur le trône. Des dizaines de milliers de personnes avaient alors été arrêtées pour délit politique. Jugé coupable de trahison aggravée, Antoine Boisseau venait d'être condamné à mort quelques jours plus tôt.

— En considérant tout ce que ton père a fait subir pendant quinze ans aux opposants à l'Empire, sa condamnation n'est que justice, conclut Armand d'une voix grave.

— Allons Armand, tu sais bien que mon père s'est contenté d'obéir à son ministre, argumenta Gabriel. Une obéissance mal placée, j'en conviens. Mais, après tout, ce ministre lui-même n'a pas été condamné à mort, que je sache. Alors pourquoi faut-il que mon père porte toute la responsabilité dans cette affaire ?

— Fouché a été condamné à l'exil. Il vient de quitter la France et n'y remettra plus jamais les pieds.

— J'avais eu vent de sa condamnation en effet. Mais j'ignorais qu'il était déjà parti. Quoi qu'il en soit, lui au moins a la vie sauve !

Pendant cet échange, Armand avait gardé les yeux fixés sur ses dossiers, évitant soigneusement de croiser ceux de Gabriel. Soudain, il leva la tête et plongea son regard dans celui de son cousin. Pendant un long moment, les deux jeunes gens demeurèrent ainsi, leurs deux paires d'yeux comme accrochées l'une à l'autre. Chacun s'efforçait de retrouver dans l'expression de l'autre des traces de leur complicité jadis si puissante. Mais tant d'années avaient passé. Ils étaient devenus aujourd'hui des hommes si différents l'un de l'autre. Que restait-il de leur tendresse d'autrefois ?

Armand fut le premier à baisser les yeux et reprit, d'une voix un peu moins agressive :

— Il y a dix ans, ton père aurait pu m'envoyer au bagne ou me faire condamner à mort. Il s'est contenté de m'expédier en Amérique, comme un paquet encombrant dont on veut se défaire. Dieu sait que cet exil m'a rendu fou de rage. Cependant, il m'a sauvé la vie, j'en ai bien conscience.

Le ton plus conciliant de ces paroles n'échappa pas à Gabriel, qui sentit alors l'espoir renaître. Mais déjà Armand ajoutait :

— Cependant, ton père n'est qu'un dangereux bonapartiste. Il a mis la France en prison pendant de longues années. Il a fait disparaître tant de mes camarades ! Je ne me sens aucune obligation envers lui. Il mérite le sort qui l'attend.

Le cœur de Gabriel s'effondra de nouveau dans sa poitrine. Allons, comment avait-il pu espérer une quelconque compassion de la part de toute cette clique qui, depuis 1789, ne songeait qu'aux représailles ? Gabriel sentit la fureur monter en lui. Il songea à partir en claquant la porte. Puisque son père devait mourir, inutile de prolonger davantage cette humiliante séance de sollicitation. Il entendit alors Armand reprendre d'une voix plus apaisée :

— C'est envers toi que j'ai une dette. Je n'ai pas oublié que tu as mis ta propre vie en danger pour sauver la mienne. C'est pour payer cette dette que je vais sauver la vie de ton père.

Gabriel ne put réprimer un soupir de soulagement.

— Ne crie pas victoire trop vite ! La peine de mort de ton père va seulement être commuée [24]. Dans sa grande générosité, Sa Majesté lui laisse la vie sauve. Mais n'espère pas pour autant que ton père retrouve la liberté. Dès sa sortie de prison, dans quelques jours, il devra quitter le territoire français et n'aura plus jamais l'autorisation d'y revenir.

Tandis que Gabriel le regardait avec stupéfaction,

---

24. C'est-à-dire remplacée par une peine moins lourde.

Armand ne put s'empêcher de conclure sur un ton sarcastique :

— Ce qui va lui permettre de découvrir le vaste monde !

Sur ces mots, Armand se leva. Gabriel dut s'appuyer sur les accoudoirs de son fauteuil pour se redresser. Il tituba un peu. Comment allait-il annoncer cette nouvelle à sa mère ? Pendant que son cousin se dirigeait vers la porte, Gabriel murmura quelques paroles de remerciement et une vague promesse de reprendre contact. Les jeunes gens échangèrent encore un regard. Tous deux surent, au même instant, que celui-ci serait le dernier.

Ce fut dans la cour du Carrousel que Gabriel reprit conscience de lui-même, la neige et le froid sibérien se chargeant de le réveiller brutalement. En regardant sa montre, le jeune homme découvrit alors qu'il était presque 1 heure. Aïe ! Il devait se hâter d'aller rassurer sa mère, auprès de laquelle l'attendait Gaspard. Gaspard qui, après son baccalauréat et des études de droit, avait choisi de devenir journaliste. Gaspard qui était désormais, et sans concurrence, l'ami le plus cher à son cœur. Après le déjeuner, Gabriel irait ensuite rejoindre Baptiste. Ensemble, parrain et filleul devaient préparer leur prochaine expédition. Celle-ci, au printemps de cette année, les conduirait dans le sud du continent africain. Gabriel eut un pincement au cœur en se souvenant combien l'Impératrice affectionnait les plantes originaires d'Afrique du Sud. Elle avait même coutume de dire que c'était les plus belles du monde... Hélas, Joséphine ne serait plus là pour admirer les sublimes spécimens qu'ils rapporteraient de leur voyage dans quelques mois. Le 29 mai prochain, cela ferait deux ans qu'elle les avait quittés pour toujours.

Sentant l'émotion le gagner, Gabriel secoua la tête. Allons, il n'était plus temps de se lamenter sur le sort des disparus. Son cher Armand s'en était allé une nuit de janvier 1807. Rien ne pourrait le faire revenir de la contrée mystérieuse et inconnue où il s'était enfui. De même, rien ne pourrait ramener d'entre les morts sa douce et belle Joséphine. Désormais, il fallait songer aux vivants. Gabriel pensa de nouveau à sa mère qui l'attendait. Il devait se hâter d'aller la rassurer sur le sort de son père. Une nouvelle vie allait débuter pour ses parents. En d'autres lieux, sous d'autres cieux, certes. Mais le principal n'était-il pas qu'ils demeurent ensemble, vivants ?

Dans la cour du vieux palais, la neige s'était

accumulée en une couche épaisse, si blanche et lumineuse qu'elle fit cligner les yeux à Gabriel. Allons, se raisonna-t-il, finie la nostalgie ! Le jeune homme commença à marcher sur cette vaste étendue immaculée, vierge encore de toute trace humaine. Et chacun de ses pas était comme celui d'un conquérant prenant pied sur une terre inconnue. Sentant l'excitation le gagner, Gabriel se mit à courir. Il ressentit alors une sorte de fluide puissant lui traverser les veines. Abandonnant les vieux fantômes de son enfance, il entrait enfin dans l'âge adulte.

POUR EN SAVOIR PLUS SUR ...

- **Le règne de l'empereur Napoléon 1er**

Quand débute l'action de ce roman, cela fait presque sept ans que Napoléon Bonaparte est au pouvoir : depuis le coup d'État de Brumaire (8 novembre 1799). D'abord nommé Premier Consul (c'est le régime du Consulat), puis Consul à vie, Napoléon Bonaparte met fin aux guerres révolutionnaires tout en stabilisant les conquêtes sociales de la Révolution. Autant de mesures qui le rendent très populaire : le 2 décembre 1804, il est sacré empereur des Français sous le nom de Napoléon 1er. Très vite cependant, à la tête de sa Grande Armée, Napoléon renoue avec une politique de conquêtes ; si bien que toute l'Europe se coalise peu à peu contre lui. Après une série de victoires (notamment à Austerlitz, le 2 décembre 1805), il est battu et doit abdiquer en 1814 ; tandis que Louis XVIII, frère de Louis XVI, monte alors sur le trône. Exilé sur l'île d'Elbe (en Méditerranée), Napoléon s'empare à nouveau du pouvoir en 1815, pour une période de Cent Jours. Mais battu une nouvelle fois à Waterloo, en juin 1815, il est exilé à Sainte-Hélène (petite île située dans l'Atlantique Sud, à 2 000 km des côtes africaines) où il meurt en 1821. Après son abdication, le règne de Louis XVIII est rétabli une seconde fois.

• Les lycées à l'époque de Napoléon

C'est Napoléon, désireux de simplifier et d'améliorer le système d'enseignement, qui a créé les lycées. Ceux-ci ne ressemblaient que de très loin à ceux que nous connaissons aujourd'hui. À cette époque, ils étaient réservés aux garçons entre 10 et 18 ans et soumis à une discipline militaire : port obligatoire de l'uniforme ; réveil et marche au rythme du tambour ; participation à des manœuvres au cours desquelles on apprenait le maniement des armes. Les lycéens étaient répartis en compagnies regroupant une dizaine d'entre eux, chacune d'elles étant placée sous les ordres d'un sergent-major choisi parmi les meilleurs élèves. Le sergent-major était à la fois leur supérieur hiérarchique et leur instructeur militaire. Par ailleurs, le régime d'internat était obligatoire, l'objectif étant de séparer les jeunes garçons de leur famille et de les préparer à devenir de parfaits soldats au sein de la Grande Armée napoléonienne. L'ambition de Napoléon était d'ouvrir une centaine de lycées sur tout le territoire national, mais seuls une quarantaine le seront avant la fin de son règne. Le lycée Napoléon, situé rue Clovis à Paris, fut l'un des premiers ; il existe encore et s'appelle aujourd'hui lycée Henri IV.

- **L'impératrice Joséphine**

Née en 1763 à la Martinique, près de Fort-de-France, dans une famille noble, Joséphine Tascher de la Pagerie arrive en France à l'âge de seize ans pour se marier avec Alexandre de Beauharnais. Ensemble, ils ont deux enfants : Eugène et Hortense. Mais le mari de Joséphine est guillotiné pendant la Révolution. Quant à Joséphine, elle réchappe de peu à l'échafaud. En 1796, elle se remarie avec le général Napoléon Bonaparte. En 1804, Joséphine est sacrée impératrice aux côtés de son époux, qu'elle continue cependant de surnommer Bonaparte, comme elle l'a toujours fait. C'est une femme charmante, raffinée et élégante, mais aussi très dépensière. Elle est passionnée de faune et de flore, et ses connaissances lui valent l'estime des scientifiques de son époque dont elle soutient les recherches. Hélas, Joséphine ne parvient pas à donner d'héritier à Napoléon. Si bien que celui-ci divorce en 1809, encouragé par la famille Bonaparte qui n'a jamais apprécié son épouse. Victime d'un refroidissement, Joséphine meurt en mai 1814 à la Malmaison, à l'âge de cinquante ans, pendant le premier exil de Napoléon. On pense que si elle avait été encore en vie en 1815, Joséphine l'aurait sûrement accompagné dans son exil de Sainte-Hélène...

• **La Malmaison**

Joséphine et Napoléon Bonaparte achètent le domaine de Malmaison en 1799. Quand Napoléon accède au pouvoir, de très nombreux conseils des ministres se tiennent dans cette demeure. Joséphine transforme le château et le parc en lieux enchanteurs où se déploie une vie de cour charmante et fastueuse. Après l'avènement de l'Empire, Napoléon renonce à la Malmaison au profit de palais plus officiels (tels que les Tuileries ou le palais de St Cloud). Joséphine reste cependant très attachée à Malmaison : c'est là qu'elle se retire après son divorce et qu'elle meurt en 1814. Ce domaine merveilleux existe encore ; il se trouve à Rueil-Malmaison, en région parisienne. Au visiteur particulièrement attentif, il est parfois donné de croiser le fantôme de Joséphine...

• **Propagande et police**

Rappelons que c'est par un coup d'état que Napoléon est arrivé au pouvoir. Dès le début, il lui faut donc justifier cet acte illégitime en se posant comme «l'homme providentiel», celui qui vient sauver le pays de la guerre et de l'anarchie. D'où son usage de la propagande par laquelle le pouvoir politique s'efforce d'influencer les pensées et les actes de la population. Pour cela, Napoléon s'appuie sur un arsenal policier très perfectionné (reposant notamment sur un système d'espions appelés mouches ou mouchards) et dirigé par le redoutable ministre Joseph Fouché. À cette époque, la rumeur affirme que, derrière chaque réverbère, se cache un policier ; mais aussi qu'il est impossible d'envoyer une lettre sans que celle-ci soit ouverte et lue par Fouché !

• L'opposition à l'Empereur

Malgré cette surveillance policière, il existe cependant une opposition à l'Empereur. Même si l'un des rôles de la propagande consiste à nier son existence et à affirmer l'unanimité de l'adhésion à l'Empereur. Ce sont essentiellement les royalistes qui s'opposent à lui, notamment les émigrés, c'est-à-dire ceux qui ont fui la France pendant la Révolution. Ceux-ci n'ont jamais accepté que Napoléon confisque le trône à son profit, au lieu de le restituer à la dynastie des Bourbons renversée par la Révolution. Rappelons que la royauté a été abolie en août 1792 et le roi Louis XVI guillotiné en janvier 1793. Les royalistes affublent Napoléon de surnoms tels que « l'ogre corse » ou « le petit caporal ». L'un de ces opposants royalistes a d'ailleurs un jour étendu un drapeau noir à fleur de lys sur l'église de la Madeleine. Sauf que cet événement s'est déroulé le 21 janvier 1803, c'est-à-dire avant que Napoléon devienne empereur. J'espère que les historiens me pardonneront cette liberté que j'ai prise avec l'Histoire...

TABLE DES MATIÈRES

1 – Une rentrée mouvementée	5
2 – Première journée au pensionnat	15
3 – Les pommes d'une bohémienne	25
4 – Une rencontre dominicale houleuse	35
5 – Commissionnaire malgré lui	45
6 – Une étrange découverte	55
7 – Destination inconnue	65
8 – Dans l'intimité de l'Impératrice	81
9 – Une déplaisante rencontre	93
10 – Une soirée à l'Opéra	101
11 – Témoin d'un attentat	109
12 – Un mauvais rêve	117
13 – La surprenante confidence d'un revenant	121
14 – Une très inquiétante disparition	129
15 – Un espionnage riche d'enseignements	139
16 – La décision de Gabriel	151
17 – Sortir du lycée	159
18 – Peut-on s'évader de La Force ?	167
19 – Une explication orageuse	179
20 – D'émouvants adieux	191
21 – Pris au piège	201
22 – Des retrouvailles au goût amer	217
Pour en savoir plus …	235

Sélection de titres publiés chez Oskar éditeur
Pour plus d'information, consultez notre site :
www.oskareditions.com

Margot Bruyère
L'énigme de la Vallée-aux-Loups
M. de Chateaubriand a une femme qu'il respecte mais n'aime guère ; un jardinier qui partage sa passion des arbres ; un cuisinier aussi talentueux qu'alcoolique. Tout ce petit monde vit sans histoire à la Vallée-aux-Loups, retraite forcée du maître qui, dans un article retentissant, a accusé Napoléon de tyrannie. Mais lorsque arrive un mystérieux enfant aux yeux clairs, que des cadavres sont retrouvés dans le parc, et que l'Empereur lui-même vient pointer le bout de son bicorne, Chateaubriand est bien forcé de mener l'enquête : crimes sordides ou affaire d'État ?

Alain Bellet
Toinette - Fleur de pavé, 1856
Dans le Paris de Napoléon III, Antoinette, déguisée

en jeune maçon, se fait embaucher sous le nom d'Antoine sur les chantiers du baron Haussmann pour se venger des hommes qui l'ont un jour violentée.

Josette Chicheportiche
Une vie retrouvée
Pour oublier un chagrin d'amour, Gina part en vacances dans le Cantal. Là-bas, elle souhaite rencontrer sa grand-tante qu'elle ne connaît pas. Un mystérieux secret de famille entoure cette vieille femme et l'histoire de la famille de Gina. Elle sent que cette rencontre est primordiale, quitte à bouleverser sa vie et son regard sur le monde.

Catherine Cuenca
Trois flammes dans la nuit
Marion, 16 ans, et sa mère quittent Paris pour emménager dans un petit village de Champagne. C'est là que, soixante-quinze ans plus tôt, au début de la Seconde Guerre mondiale, trois tirailleurs sénégalais auraient été exécutés sans pitié par des soldats nazis. Or personne parmi les villageois ne semble au courant de cette histoire. Marion, aidée de Tom, un jeune homme au passé difficile, va tenter de percer leur terrible secret...

Le choix d'Adélie
Lyon, 1913. Malgré les préjugés et la pression familiale qui souhaite qu'elle se marie, Adélie, 17 ans, est bien décidée à poursuivre ses études à l'université pour devenir médecin. La Grande Guerre qui éclate donne à Adélie l'occasion de fuir. Elle s'engage comme infirmière à la Croix-Rouge...

Florence Delaporte
Amour ennemi
Une histoire vraie, un amour impossible, une guerre interminable... Justine, une jeune fille bretonne tombe amoureuse d'un soldat de son âge en 1944 - un soldat qui ne portait pas le bon uniforme. Avant la chute du mur de Berlin, en 1989, Justine se rend à Allemagne chez sa cousine Marie. Elle n'avait jamais parlé auparavant de cette histoire d'amour interdite...

Magali Favre
Un violon dans la tourmente
1942. La famille de Itségo est arrêtée. Le jeune Manouche réussit à s'enfuir. Enfant débrouillard, il fera tout pour retrouver les siens avec comme seul compagnon, son violon... À Paris, Myriam et sa

famille sont confrontées à la répression implacable de la police de l'occupation. Arrêtée avec sa mère et son petit frère, elle fait partie des milliers de Juifs de la rafle du Vel' d'Hiv'. Myriam décide de s'enfuir au péril de sa vie... Le destin de ces deux enfants que tout sépare va se croiser. Et pour faire face à cette terrible guerre, ils n'auront qu'un violon, un livre et leur courage.

Sylvie Fournout
L'été des gitans
Dans le petit village du Sud où Julie passe ses vacances, l'orage gronde. Maria, sa grand-mère, lui paraît plus seule que jamais : Julie soupçonne qu'un secret la ronge. Comme tous les ans, des Gitans viennent travailler pour Maria pendant les vendanges. Parmi eux, Nad, un jeune homme dont le charme ne tarde pas à jeter le trouble chez Sarah et très vite une jalousie dramatique vis à vis de sa cousine Julie...

Bernard Gallent
La cachette du soldat - Déserteur de l'armée de Napoléon
Chartres, juin 1811. Depuis de nombreuses années, Napoléon 1er lance ses armées à travers l'Europe.

Mal équipés, épuisés, certains soldats désertent. C'est le cas d'Armand, qui rentre à pied d'Autriche.

Christophe Léon
Argentina, Argentina...
C'est une histoire d'amour et de haine, dans l'Argentine de la dictature. C'est l'enfant Ignacio, arraché à ses parents alors qu'il n'a que six ans. Aujourd'hui, il nous parle.

Claire Mazard
Les Compagnons de la Lune rouge
Paris XIXe siècle, Faustine, déguisée en garçon, est remarquée par un homme énigmatique qui lui propose d'assister à une réunion secrète dans les souterrains de Paris...

Stéphane Méliade
Le château d'Elsa
1940, la France est occupée. Dans un château réquisitionné, Elsa, 12 ans et fille d'un colonel allemand, s'interroge sur les valeurs du Reich auxquelles elle a toujours cru.

Anne-Sophie Silvestre

Te quiero, España ! – série « Les extravagantes aventures d'Eulalie de Potimaron »

Alors que Marie-Louise, toute nouvelle reine d'Espagne, s'apprête à faire son entrée solennelle dans Madrid, Eulalie, Philippe et l'abbé Dubois sont décidés à résoudre l'énigme du vampire de Castille, même s'il faut pour cela creuser de nuit dans les cimetières. Passes d'armes, gerfaut royal, amours princières et coups montés : tout est en place pour que l'hiver soit chaud à la cour d'Espagne...

Publié par Oskar éditeur
21, avenue de la Motte–Picquet
75007 Paris - France
Tél. : +33 (0)1 47 05 58 92
E–mail : oskar@oskareditions.com
Site Internet : www.oskareditions.com

Auteur : Nathalie Le Cleï
Graphisme : Jean-François Saada
Direction éditoriale : Françoise Hessel
Mise en page : David Lanzmann

© Oskar éditeur, 2015
ISBN : 979-10-214-0386-4
Dépôt légal : Octobre 2015
Imprimé en Europe
Loi n° 49–956 du 16 juillet 1949
sur les publications destinées à la jeunesse